ベリーズ文庫

エリート上司の甘い誘惑

砂原雑音

STARTS
スターツ出版株式会社

目次

エリート上司の甘い誘惑

記憶に残るキスの味

別に、結婚を意識していたわけじゃない。いつかはするんだろうなって思っていた程度で、具体的な話なんてしたことはなかったし、ましてや指輪をねだったこともなかった。

だけど――。

「おめでとーっ!!」

「お幸せにー!!」

晴天のもと、フラワーシャワーが降り注ぐ。ふわりと吹いた風で赤やピンク、白の花びらが舞い上がり、空の青とのコントラストが美しく目に焼きついた。

世界のすべてがふたりを祝福しているように見える。まさかこんな構図で、立ち位置で、つい三ヵ月前まで付き合っていた男を見ることになるなんて、思ってもいなかった。

彼、園田《そのだ》は同じ営業部営業課所属で、営業補佐の私は彼が取引先を訪れる際に同行するなど、接点が多かった。何より、入社当時私を指導してくれたのは園田であり、その指導は優しくて的確。

彼を信頼していたし、ごくごく自然に惹《ひ》かれていった。

ところが付き合うようになっても、園田は私たちの交際を秘密にしたがっていた。周囲にからかわれたら仕事がしづらいだとか、そんな理由だ。

その時点で、私もちょっと怪しむべきであったのだが。

会社では基本、名字でしか呼ばなかったけれど、ふたりきりの時にはこっそりと耳元で私の名前を呼んでくれた。その秘密めいた空気が私たちをより強く結んでくれている気がして、私は言われた通り誰にもひと言も漏《も》らさなかった。

『……さよ』

たった二文字のありふれた名前なのに、彼が呼んでくれたらとても特別に聞こえた。それはどうやら、私の思い違いであったようだけど。

一緒に出席していた会社の同僚たちと、冷めた気持ちで式場をあとにする。手に持った引き出物の重さを実感するほどに、『ほんとにあの男は鬼畜か』と毒づきたくなる。

普通、別れたばかりの女を結婚式に呼びますかねえ？

「いいお式でしたねえ。ガーデンウェディング、天気さえよければ結構いいかも」

同僚たちの会話に交じる気にはなれなくて、聞き役に徹していた。

周囲に合わせてかろうじて笑顔を取り繕《つくろ》っているおかげで、誰も私の下がりきったテンションには気づかない。結婚を意識する女性陣のテンションは私と違って急上昇中で、披露宴《ひろうえん》の感想を口々に言い合っていた。

「ゲストもすごい人数だよね。営業からはほぼ全員だったし」

「園田さん、目立つの好きそうだしねえ」

「それよりさ、結婚報告聞いてから、やけに慌ただしい式の日取りだなって思ってたけど……理由はアレだね」

「オメデター！」

「西原《にしはら》さん、何か聞いてなかったんですかぁ？　仕事で園田さんとタッグ組むこと多かったじゃないですか」

きゃいきゃいとはしゃいだ声で、いきなりこちらに話題を振られて頬《ほお》が引きつる。

「やー……何も。相手が幼馴染《おさななじ》みってことはちらっと聞いたけど」

別れ話の時にね。

でも、まさかデキ婚だなんて思いもよらなかったわ。今思えばあの時の有無を言わさぬ雰囲気は、それが理由だったんだろう。

あーあーあー。やっぱ子供ってのは決め手なんですかね⁉

どんな女か外見も知らなかったけれど、『新婦に負けるもんか』と気合を入れて今日のためにエステに行き、ドレスも新調した自分がバカみたいだ。端《はな》からそんな勝負ではなかったのだ。

「高見《たかみ》課長！　そんなに子供って可愛いもんですか？」

後ろを歩く、先日子供が生まれたばかりの課長に声が飛び、つられるように振り向いた。

デレッとだらしなく表情を緩ませた課長と、それを横目に苦笑いをする藤堂《とうどう》部長が並ぶ。

「そらぁ、まあ。うちは奥さんがずっと子供欲しがってたからなあ、なおさら可愛いくて。あ、写真見る？」

「散々見たんで、結構でーす」

きゃはは、と女性社員の笑い声が響いた。

子供ひとりで、幸せの花が咲く……そんなものなのかしら。じゃあ、もしも妊娠したのが私だったら？

ちらりと頭をよぎってやめた。彼は絶対にヘマはしなかった、それが答えだ。

二次会に行くメンバーとは途中で別れ、駅までの道のりをひとりで歩く。

どうして出席しないのかと聞かれたけれど、もういいだろう。もう充分だろう。怪しまれないように、あいつの顔を潰さないように、ちゃんと出席してやったんだし。

顔を上げると、道の先に駅ビルを兼ねた大きな商業施設が見え、その奥に赤い観覧車が見えた。休日のためか、人通りは多い。

十一月にしては暖かく、晴天に恵まれた佳《よ》き日。

別れ話があまりにもあっけなくて、だけど本当にその後、彼からの連絡は一切なくて……まるで悪い夢を見ているようだった、この三ヵ月。

西原さよ、二十六歳。

本当に失恋したのだと、今日やっと、身に染みて感じました。

このまま帰ればひどく塞《ふさ》ぎ込んでしまいそうで、そうなったら立ち直る自信もなくて、通りかかった小さなバーに足を踏み入れた。

半畳ほどの狭い石畳のステップを踏み、重厚な扉を開けると、中は奥行のある細長いスペースだった。入口の印象から考えると、案外広い。長いL字型のカウンターと、ライトで照らされたショーケースにずらりと並んだ洋酒の瓶《びん》とカクテルグラス。ランプを模した照明が、温かみのある大人な雰囲気を演出している。

普段は賑やかな居酒屋に行くことが多い私も、今夜は物静かなこの空間を心地よく感じた。

自分を知っている人間が誰もいない場所で、ほっとできるなんて初めてだ。

「いらっしゃいませ」

席を探してカウンターに近づくと、中からバーテンダーが穏やかに笑って私におしぼりを差し出してくれる。三十歳前後くらいだろうか、ずいぶんと綺麗な顔立ちをした男性だった。

それを受け取り、すぐそばのスツールに腰かけた。

「初めてのお客様ですよね。今日は結婚式の帰りか何か？」

「はい、職場の先輩の」

ドレスアップした姿と、引き出物の大きな紙袋ですぐにわかったんだろう。〝元カレ〟と言うわけにもいかず〝先輩〟と言ってしまえば、なんだかひどく虚《むな》しくなった。

捨てられたというのに意地になって、肩下まである黒髪を、少しでも華やかになるよう美容室で巻いてもらった。それほど大きくない目をちょっとでもぱっちり見せようと、メイクに一時間以上かけた。他人には〝先輩〟としか説明できない人の結婚式のために、バカみたいだ。

「飲み物は何になさいますか？」

惨めで気持ちが塞いでしまいそうになった時、バーテンダーの愛想《あいそ》のよい笑顔にほっと気が抜けた。

披露宴で飲んだシャンパンも、今頃になってほどよく脳内を酔わせ始める。

「ブルームーンを」

お気に入りのカクテルを頼み、このままアルコールに身を任せてしまうことにした。

このカクテルを教えてくれたのも、園田だ。

思い出すと泣けてきたが、今はこのカクテルが自分にお似合いな気がして、同じものばかりを何杯も飲む。

ブルームーン。『叶わぬ恋』『できない相談』という意味があるとか。

もう、しばらく男なんかコリゴリだ。

バーテンダー相手に、いつの間にか愚痴《ぐち》をこぼし始めていた。

「別に、まだ結婚なんて考えてなかったし、今の仕事楽しいし」

「自分に自信のある女性は、とても魅力的ですよ」

バーテンダーは聞き上手の褒《ほ》め上手で、さすが酔っ払いの相手に慣れている。

酔いは心地よく回り、ほわほわほわわ、と視界が揺れる。

「別に、自信なんてないけど」

淡い菫《すみれ》色のカクテルの美しさに酔いながら、口のうまいバーテンダーを軽く睨《にら》む。

「そうですか？　だったら持ったほうがいい」

優しいおだて文句には救われる。

でもね、と哀しくなった。もちろん、自信を持てるようになりたいけれど、弱い自分も守ってくれる人にそばにいてほしかった。

そうだと思っていた人の腕は、別の女を守るためのものだった。

「……寂しいよぉ」

もう恥も外聞《がいぶん》もなくなるほど酔っていた。カウンターに突《つ》っ伏《ぷ》して正直に泣き言を呟《つぶや》いた時、背中に温かいものが触れる。

布越しでもすぐに温かさを感じたのは、その手がとても大きくて労《いた》わるように優しく撫《な》でてくれたからだろう。

「ん……」と顔を上げて後ろを振り向いた。

……ような、気がする。

ぐらぐらと視線が揺れて、どこが上で下かもわからない。眩暈《めまい》が気持ち悪くて、手のひらで両目を覆った。耳鳴りがする。ここまで酔ったのは初めてで、視覚も聴覚も心許ない状況がさすがに怖くなっていた。

「……はら、……う……？」

誰かに何か声をかけられたが、わんわんと頭に響くばかりでよく聞こえない。ただ、声を聞いて『知り合いだ』と安心した。

ふわっと上半身が傾いて、そこで一度意識が途切れた。


翌朝の月曜日、私はベッドで上半身だけ起き上がり、呆然《ぼうぜん》としていた。無論、ひとりだ。ひとりだ……けれども、ほかに誰もいないことにひどく違和感があった。

寝る寸前まで誰かと一緒にいたような……ただの夢だろうか？　それすら判別できないほど曖昧な記憶が、途切れ途切れに残っていた。

「……えっと」

私、昨夜、どうしたっけ？

結婚式の帰り道、二次会には参加せず、ひとりで飲みに行ったのは覚えている。小さなバーで、おひとり様にはおあつらえ向きのいい店だった。ふらっと立ち寄っただけだったけど、ブルームーンも美味《おい》しかったし店員はイケメンだったし、また立ち寄ってもいい。

……じゃなくて！

そこでたくさん飲んで、かなりくだを巻いたことはなんとなく覚えている。あれは、店員相手にだったよね？

何杯目かのブルームーンあたりから、記憶が曖昧《あいまい》だ。映像も途切れがちで詳しく思い出せないが、ただ、どこからかたくさん泣いた気がする。

涙を拭《ぬぐ》ってくれた手が優しすぎて、余計に泣けた。

あの手は……誰の手だった？

久しぶりに感じた、抱きしめられる温もり。『体温って、こんなにも安心できるんだ』と酒にも雰囲気にも酔っていた。

ぎゅっと強く抱き寄せられて、瞼《まぶた》や頬に触れる唇《くちびる》の優しさ。『キスされる』と認識した次の瞬間、唇同士が危ういほど近い距離まで来た。

相手は何も言わなかった気がする。

私の泣き声も止まった。唇を重ねていいのかどうか、互いに空気を読む、一瞬の駆け引き。そして、唇が触れ合った。そんなキスをしたのは初めてで、異様にドキドキしたのを覚えている。

奪うようなキスじゃなく、ゆっくりと、もどかしいくらいだった。

「あぁぁぁ‼」

思わず叫んで、一旦、記憶発掘作業を中断した。思い出しただけで心臓がバクバク鳴り始めて、体温まで急上昇したからだ。

なんなの？　キスの記憶はやけに鮮明なのに、相手がさっぱり思い出せない。いや、夢？　やっぱり夢だから、はっきりわからないんだろうか。

キスの感触だけは濃厚に残ってて、もしもこれが夢だったなら、どんだけ欲求不満なんだと思わざるを得ない。鮮明すぎる。

舌を絡めた時の心地よさとか、温もりとか。激しく絡めるような勢いに任せたキスじゃない。しっとりと、でも互いの呼吸は確かに、熱を帯びて扇情的で……それはまるで、身体を重ねているかのような昂《たかぶ》り。

思い出しただけで身体の奥がきゅんと鳴く。

「って、あほか！　思い出して欲情している場合じゃない！」

眉間を指でつまみながら、キス以外の何かを思い出そうと試みた。

「……誰かと会ったような気はする」

だとしたら、ここまで送ってもらったのだろうか。それとも自力で帰ってきた？　できればそうであってほしい。

ここは間違いなく自分の部屋だ。ひとり立ちする時に借りて以来、ずっと住んでいる八畳のワンルーム。

着替えてもいないけど、ワンピースの背中のファスナーは途中まで下ろしてあった。窮屈すぎて自分でやったのだろうか。一応、ショーツもちゃんとはいている。

もうひとつ、びくびくしながら枕元のゴミ箱を覗《のぞ》いたが、いやらしいゴミは落ちていない。

『落ち着け』と心の中で唱えながら冷や汗だらだらでスマホを探すと、昨日のバッグの中であっけなく見つかった。意味はないけど、スマホの所在を確かめることでなんとなく気持ちが落ち着く。

きっと、エロい夢を見たんだ。そうに違いない。

欲求不満を認めるのは甚《はなは》だ悔しいが、事実園田と別れてからそういうコトはいたしていないし。相手があやふやな状況で醜態《しゅうたい》を晒《さら》し、さらには濃厚キスまでやってしまったよりはずっとマシだ。

『そうだ、夢に違いない。シャワーでも浴びてすっきりしよう』と洗面所に足を運び、そこで見つけたものに「ひぃ！」と思わず悲鳴をあげた。

洗面台の上に明らかに男物の腕時計が、『これが証拠だ』と言わんばかりに堂々と残されていた。


大卒で入社して四年。

私が勤めているのは、建築、内装に使われる資材を取り扱う会社だ。インテリアタイルや床材、外壁などから、キッチンや浴室などの住宅設備も取り扱っており、全国に支社及びショールームなどを百店舗以上かまえている。

建て替えられたばかりの十階建てのオフィスビルの五階フロアが、営業課のオフィスだ。

二十名の男性営業員に加え、私たち女性社員は五名いて、営業の補佐的な作業が主な仕事だ。資料の作成やデータ集め、時には営業とともに取引先との交渉に出向くこともある。いわば女房役みたいなものだ。

だから、ちらちらと問題が起こることもある。それは当然、男女間において。まあ、どこの会社でもある程度起こり得ることではあるし、かくいう私も遊ばれたのだから、それについて何か言えた義理ではない。

以前の部長は、女性社員に対してセクハラモラハラの嵐で、その女癖《おんなぐせ》の悪さからついに異動になった。

そのあとを継ぐかたちで、当時課長だった藤堂さんが三十一歳で若くして部長職につき、その穴を埋めるかたちで配属されたのが三十歳になったばかりの高見課長だ。

女性社員の中では、課長が他部署からわざわざ配属されてきたのは、彼が愛妻家で有名だからではないかと噂《うわさ》されている。そんなくだらない話が広がるほど、以前の部長がひどかった、ということかもしれない。

パソコンの前で手を休め、首をコキコキと鳴らした。

『明日まで』と頼まれていた資料作成は終了。あとはこれを人数分プリントアウトして……その前に、皆にコーヒーでも淹《い》れようか。

『お茶出しは、女性社員が行う』と決まっているわけではない。自分が飲むついでに皆の分も、と私が好きでやっていることだから、新入社員に譲《ゆず》る仕事でもない。皆が『西原さんのコーヒーは美味しい』とうまいことおだてるものだから、ついその気になって、すっかり私の役目で定着していた。

軽く背筋を伸ばして、オフィスを見渡す。

入口から見て縦に三つ、デスクを向かい合わせに並べた島がある。一番左端の島の、奥から三つ目が私のデスクだ。入口近くの左端に給湯室があり、右側の壁にはコピー機が三つ並んでいる。デスクが並んだ島とは別に、部屋の最奥にあるのが藤堂部長のデスクだ。

皆それぞれ、自分の仕事に没頭している。

八時三十分の始業から二時間、いい頃合いだ。

腰を上げ、思考回路が仕事から解放されると、例の一件がふと脳裏を掠《かす》めた。『一体昨夜、何があったのだろうか』と考え始めれば、頭が痛くなってため息をつく。

腕時計は存在するのだから、私は確かに誰かを家に上げたのだろう。だが結局、それが誰なのか思い出せないまま出勤時刻となり、慌てて家を出てきた。

おかげで、いつもは丁寧にスタイリングしている毛先の緩いカールが、今日は少し砕けた印象になってしまった。それでも、なんとか腫《は》れた瞼だけはメイクでうまくごまかせたと思う。

失恋の末、酔って醜態を晒して、みっともないことこのうえない。しかも、もしかしたら相手が会社の人間かもしれないと思った時、血の気が引いた。

確か、店で誰かに会った時、知人だと認識した覚えがある。

これほど出勤が恐ろしいと思ったことはなかった。別れ話をされた翌日の、園田との遭遇以上に恐ろしかった。一緒に披露宴に出席した人だとしたら、顔見知りどころか、毎日一緒に仕事をしている人という可能性もあるのだ。

それに、洗面所に残された腕時計は一体なんなんだろう。あれは故意なのか、単なる忘れ物なのか。

悶々《もんもん》としながら、給湯室へ向かっていると、能天気な声をかけられた。

「さよさぁん。お疲れさまです」

「〝西原さん〟って呼びなさい、っていつも言ってるでしょ、東屋《あずまや》くん」

人懐こい笑顔で立っていたのは、ふたつ年下の営業、東屋くんだ。整った顔立ちに気の強そうな目が生意気な印象を抱かせる。チャラそうな雰囲気が私は好きじゃないけれど、背は高いし仕事もデキる、モテて当然の男だ。

彼が入社したての研修期間、私が指導していたためか、今でも慕ってくれているのはいいのだが。

「ここは職場！　オフィスなんだから、もうちょっとシャキッとしなさいよ」

「お願いしてた資料、どうなったかと思いまして」

人の話を聞けや！

彼はへらっと笑いながら、頭をかく。

以前は、『こんなんで本当に営業が務まるのか』と心配だったが、特に問題はなかった。

園田がやけに、彼を意識していたのを知っている。プライドの高い園田が、だ。

つまり、園田から見てデキる人材だということ。そして実際、営業成績で常にトップを争う園田に、たった二年でもうじき追いつきそうな勢いなのだ。

「あとは必要部数コピーしてとめるだけ。昼にはできるわよ」

「あざっす！」

さて今度こそ給湯室に、と戸を開けると、なぜか彼も一緒に入ってきた。

「何？」

内心、少しドキリとした。東屋くんも昨日、披露宴に出席していたひとりだからだ。

昨夜の一件に何か関わりが？と身がまえたのだが、杞憂《きゆう》だろうか。

「俺ももらおうと思って。さよさんのコーヒー美味《うま》いから」

にっこりと笑うその表情はいつもと変わりなく、他意はなさそうに感じる。

「……そ。じゃ手伝って」

もう何度も聞いた褒め言葉につい気をよくして、いそいそとコーヒーメーカーの準備を始めた。

別に、それほどこだわっているわけじゃない。うちであまっている電動ミルを試しに持ってきて使ったら、好評だっただけだ。

朝のうちに一日分挽《ひ》いておいて、あとはコーヒーメーカーを使うだけ。あえてこだわりを言うなら、ちょっと粗挽きにしてあるから粉は少し多めに、ということぐらいだろうか。

「カップ出して」

「うぃっす」

砂糖とミルクを用意しながら、カップを並べる東屋くんの腕をついちらりと見た。袖《そで》から見えたのは、クロノグラフの腕時計。洗面所にあったのは、革のベルトのフォーマルを意識したシンプルなものだった。

東屋くんがつけるには、少し大人びた印象だ。まあ、もしかしたら、慶事用のものかもしれないし、腕時計にこだわりがあるなら、使い分けるために持っていてもおかしくはない。

でも、東屋くんはいつもの調子で話しかけてきた。昨夜のキスの相手なら、何かしらあってもいいはずだ。

そう納得すると気が抜けた。

コーヒーの香《こう》ばしい匂いが給湯室に漂う中、少しの間互いに沈黙する。

『砂糖入り』『ミルクのみ』『両方』……と室内のメンバーを思い出しながら、カップに用意していく。

「東屋くんはブラックだよね」

ちゃんと覚えているけど、ちょっと沈黙が息苦しくて、間を繋《つな》ぐために口にした。

「はい。さよさん、全員分、覚えてるんですか」

「うん。毎日淹れてると覚えちゃった」

「さよさんは、お茶汲《く》みとか嫌じゃないんですね」

彼は、私から一歩離れた場所で、私の手元をじっと見ているようだった。

嫌じゃないのか、とこれまでにも何人かに聞かれたことがある。特に、女性の新入社員が入った時には、代わったほうがいいのかと気を遣ってくれたこともあるけど、私にとっては気晴らしのようなものだから、嫌だと思ったことはなかった。

「私は、結構好きよ、お茶汲み。ブレイクタイムがあるほうが仕事が進むのは、皆同じでしょ？　私も気分転換になるし」

ひょいと肩をすくめて笑って答えたが、彼はそれでも不思議そうに首を傾《かし》げる。

「でも、嫌がる女性社員多いですよね」

「女の仕事だってあからさまな態度取られりゃ、私だって嫌だけどね。うちは藤堂部長も高見課長も、皆ちゃんと『ありがとう』って言ってくれるし」

そういう面で、恵まれたオフィスだなあとつくづく思う。園田みたいな男にうっかり引っかかったことを除けば、だけど。

こぽぽぽ、とメーカーから音がし始めたら、もうすぐでき上がりの合図だ。

コーヒーサーバーを手に取って、砂糖もミルクも入っていない空のカップに注ぎ、東屋くんに手渡す。

「どうぞ」

「あざっす」

ただのコーヒーなのに、ずいぶんと嬉しそうに目をキラッキラさせているものだから、なんか気恥ずかしい。

「なんか、いいですよね」

「何が？」

「嫌々なら申し訳ないって思うけど、快く淹れてもらえるなら自分でするより嬉しい。甘えかもしれませんが」

「ありがたみが薄れれば、甘えだろうけどね。ようは気持ちが大事ってことじゃない？」

「感謝してます」

「よろしい」

カップを恭《うやうや》しく掲げて真面目な顔で言う仕草《しぐさ》が、おかしかった。クスクス笑いながら、残りのカップにコーヒーを注いでいく。

東屋くんは、まだカップを持ったままその場にとどまっていて、何か話でもあるのだろうかと不思議に思っていると。

「さよさん、今度飯、一緒に行きませんか」

「は？」

突然のお誘いにたじろぎ、うっかりコーヒーをこぼしそうになるも、慌ててサーバーを持ち直して手を止める。

「え、なんで？」

「なんでって……」

問い返されるとは、思っていなかったのだろうか。

彼は困ったように言葉を詰まらせるが、私としては急に食事に誘われる意味がわからない。

「な、なんか話でもあんの？」

た、例えば。腕時計の話とか？

訝《いぶか》しむ私を不審に思ったのか、彼もおかしな顔をした。

「いや、話っつうか」

「何？」

「あ、仕事です。仕事のことで、ちょっと」

「ああ、なんだ」

それならそうと、はっきり言えばいいのに。

安堵《あんど》して、止まっていた手を再び動かす。

「何、悩み事？」

「そう！　そんなようなもんです。男の営業同士って、仲間であってもライバルじゃないすか。ちょっと、相談しにくいとこもあって」

「なるほど」

彼も結構、負けん気が強いらしい。まあ、営業なんてそうでなければ、やっていけないのかもしれない。園田もそうだった。

「だったら今日、お昼一緒に行く?」

悩み相談なら早いほうがいいだろうか、と思い、そう提案したのだが、どうやらそれでは不服らしい。

「いや、昼の時間だけじゃ短いかなー、って」

「そうなの? じゃあ、いつ?」

よほど悩んでいるのだろうか。コーヒーを淹れる手元に落としていた視線を、ちらっと一瞬だけ彼に向けると、にこにこと嬉しそうに笑って言った。

「今晩とか」

『悩んでる風には見えないけどな』と首を傾げたが、まあ、顔に出ないタイプなのかもしれない。

今日は特に約束もないし、仕事も多分問題なく終わる。相談に乗る分には一向にかまわないのだが、本当に相手が私でいいのだろうか。

「いいけど……でも、私なんかでいいの? 何か相談するなら、部長とか課長とか」

「何言ってんですか。さよさんに聞いてほしいんです。俺、さよさんの仕事ぶり尊敬してるから」

「え?」

まさか、そんな風に思ってくれているとは知らなくて、若干うろたえて手元が揺れた。もう少しで、コーヒーをこぼしてしまうところだった。

そんな私の動揺に気づかずに、彼はさらに言葉を続ける。

「皆言ってますよ。データを揃《そろ》えるのを頼んでも的確だし、資料の作成もすげえ見やすい。読む側のことをちゃんと考えてるなって。ちょっとした表や色分けとかも、手を抜かないじゃないですか。すごい助かります」

そう言って、人懐こい顔で微笑《ほほえ》む。

その笑顔に、ちょっときゅんとなった。些細《ささい》なことに目を配り、こだわってやった作業を気づいてもらえることは少ない。

「あ、ありがと」

おのれ東屋。こういうところ、ほんとうまいなと思う。褒め上手というか、褒めどころを探すのに長《た》けているんだろう。だから入社してきた頃から人気がうなぎのぼりなのだ、女性社員から。

「じゃ、俺、午後は外回りなんですけど、終わったら会社まで迎えに行きます」

「え、嫌。目立つから外で待ち合わせ」

それだけは嫌だときっぱりと告げると、彼はあからさまに不服そうに眉尻を下げた。

「えー」

「嫌。携帯で連絡して」

かなり本気で君を狙ってる女子軍がいるというのに、そんな連中にあらぬ誤解をされてやっかまれるのは勘弁だ。

コーヒーをすべて注ぎ終えてサーバーを簡単に水で流しながら、東屋くんに向かってぴらぴらと片手を振った。大体、こんなところでいつまでもふたりで話していること自体、うっかり見られたらなんかマズい。

口さがない人は、どこにだっている。

「もう、こんなところで油売ってないで早く戻って」

急《せ》かしてようやく、渋々といった様子で戻っていく背中を見送った。

東屋くんに彼女がいるって噂は聞いたことがないけれど、それほどプライベートについて話したことがないからよく知らない。おそらくフリー、ということもあり女性社員は躍起になるのだろうけれど、そんな人たちの邪魔をする気はないので、やはりふたりで会うなら目立たないに越したことはない。

私としては、男の人には年上の風格が欲しいところで、希望を言うなら五つくらい年上がいい。でも私くらいの年齢から五つ足すと、ぼちぼちと既婚者が増えてきている年齢だったりする。

コーヒーを人数分載せた大きなトレーを手に、給湯室を出た。本当なら一番最初に部長に持っていくべきだけれど、トレーに載せたままうろうろするのは危ないということで、いつも手前のデスクから先に置かせてもらっている。

「いつもありがとー」

「ありがとうございまーす」

営業補佐の女性社員同士は、比較的仲がいい。特に、同期の柳原《やなぎはら》望美《のぞみ》とは気が合って、たまにふたりでも飲みに行く間柄だ。

「あー、助かる。ありがとー」

望美はどうやら二日酔いらしく、眉間を指でつまんで頭痛を抑えるような仕草を朝から何度か見せている。二次会でかなり弾《はじ》けて飲んだのだろうか、弱いくせに。

それから、奥からひとつ手前が高見課長のデスクで、いつも書類が山積みになっている。

「課長、資料がごちゃまぜになりませんか？　見ててヒヤヒヤするんですが」

「大丈夫、どこに何があるかは大体わかってっから！」

「大体じゃ困ります」

なんとか隙間《すきま》を見つけようと思ったが、どこに置いてもひっくり返しそうで直接手渡した。

身体の大きな人なので皆と同じデスクのはずなのに、なぜか手狭に見える。窮屈そうで、ちょっと気の毒だ。

そして、一番奥。

「藤堂部長、お疲れさまです」

ちょっとだけ、声が裏返る。

「ありがとう」

彼は目を通していた書類から、視線を上げて口元をやんわりと上げる。

大人然として穏やかで、それでいて仕事中はいつもきりっと背筋を伸ばしている藤堂隆哉《たかや》部長は、私の憧れの人だ。

ほかの営業がうろたえるばかりのクレームや取引先の横暴にも、毅然《きぜん》として対応するし、頭を下げるべき時には下げる。それでいて不当なものには一歩も引かない。その頼もしさは、そこらの若造では得られない。

部長になった経緯は、前部長の女性問題があってのことだけど、それがなくとも昇進はそう遠いことではなかっただろうと、誰もが認めるエリートだ。

上役《うわやく》の信頼も厚いからこその抜擢《ばってき》だと聞いている。

そのうえ背も高く見目麗しい。身長は多分、百八十センチはあるんじゃないだろうか。彫りが深く恐ろしく整った顔立ちで、当然、女性社員のファンも多いが、無表情だと一見冷たく見えてしまい、近寄りがたいというイメージが先行しているようだ。

確かに、切れ長の涼やかな目元をさらに細めて、書類に目を通している時は声をかけづらい時もある。けれど決して理不尽に怖い人ではなく、尊敬できる人だ。しかもばっちり、私の五つ年上だったりする。

園田はふたつ年上で、入社時の私の指導をしてくれた人だったから、頼りやすくて自然な流れで惹かれていった。

逆に藤堂部長は、憧れすぎて恐れ多いというのが正直なところだけれど、洗面所の腕時計を見た時に、ちょっと妄想してしまった。

なんとなく、イメージがぴたりと合うような気がする。つい目が袖口を確認してしまう。ちらりと腕時計が見えたけれど、どんなものかはっきり見えなかった。

今日も尊敬してます！

心でそう念じながら会釈《えしゃく》して、仕事に戻ろうとしたのだが。

「昨日」

「えっ？」

急に話を振られて、つい肩が跳《は》ねた。

「大丈夫だったか？」

「えっ……？」

「二次会、行かなかっただろう。体調でも悪いのかと思ってたんだが」

無表情なのでわかりづらいけれど、言葉は私を心配する内容であった。

一体なんのことかと動揺して挙動不審な態度を取ってしまったけれど、どうやら二次会に参加しなかったことで心配をかけてしまっていたらしい。

「あ、ご心配をおかけしました。もともと夜は予定があって、二次会は欠席と前もって伝えてあったんです」

「ああ、そうだったのか」

心配してくれてたんだよね？

言葉と裏腹な淡々とした表情に自信がなくなりそうだけれど、多分間違いない。仕事中に無駄なことを聞く人ではないはずだもの。

「はい」

そう答えた私は、部長の表情とは相反して口元が綻《ほころ》ぶのを止められなかった。部長に心配していただけるなんて、それだけで〝超最悪〟だった昨日が〝ちょっと嫌〟くらいまでに回復した気がする。

「二次会、何時頃までやってたんですか？」

「いや、俺も行かなかった」

「そうだったんですか」

「ああ」と短い返事があって話は途切れ、藤堂部長の目線が手元の書類に戻る。

私はもう一度会釈して、トレーを片づけてから再びパソコンに向き合う。

ふと、気がついた。もし、腕時計の主が会社の誰かだったなら、もしかしたら昨日二次会に行かなかった人の中の、誰かだろうか。

だとすれば、かなり絞られる。いや、そもそも私はどれくらいの間飲んで、あの店で誰かに会ったのは何時頃だったのだろう。かなりのピッチで飲んだ覚えはあるから、それほど長時間ではなかった気がする。

多分、高見課長も欠席だっただろうけど、あの人は除外だ。愛妻家だということはとっくの昔から周知の事実であったが、子供が生まれてからのデレデレっぷりはその比じゃない。脇目もふらず家に帰ったことだろう。

そうなると、藤堂部長と、あとは。

「昨日の二次会？　ほとんど参加してたんじゃない？」

昼休み、社員食堂で望美にそれとなく聞いてみた。

「ほとんど、ってことは参加してない人もちょっとはいたんだ？」

「はっきり覚えてないけど。何、気にしてるの？　そんな気を遣わなくてもいいんじゃない？」

「あ、ちょっと。悪かったかなー、って」

なんてほんとはサラサラ思ってないけど、園田と付き合ってたことは望美ももちろん知らないから、一応しおらしく見せておく。

「予定あったんなら仕方ないじゃない。結婚式の二次会って、やっぱ出会いを期待する人多いじゃない、男も女も。独身で来てなかったのは藤堂部長と……」

望美がそう言いながら、指を一本折り曲げて思案している。昨夜の二次会参加メンバーを思い浮かべているのだろう。

「うん、聞いた」

「あと、東屋くんもだ」

「え、そうなの？」

驚いて箸《はし》が止まった。なんか、大勢で集まるのが好きそうというか、本人がそうでなくても周りが放っておかないタイプのような気がしていた。

「そうそう。来てないって知って、悲鳴あげてた女子が数名いた。あとはわかんない」

「出席してたら、盛り上がっただろうにねえ」

「女子がね」

「わー、外で待ち合わせにしといてよかった。今日、ご飯一緒に行くんだよね」

怖い怖い。

ひょいと肩をすくめて、再びランチプレートに視線を戻す。

なんだかんだ話をしていたら、昼休みはあと三十分だ。

化粧直しもしたいしコーヒーも飲みたいし、早く食べ終わらなければと思うのに、望美がやけに食《く》いついてきた。

「えっ、なになに、誰とご飯？」

箸を片手に身体を乗り出してくる、望美の目は『面白いことを聞いた』と言わんばかりにキラキラ輝いている。

「だから東屋くん。なんか仕事で相談があるんだって」

『相談があるだけで何もないよ』という意味を込めて、きっぱりと言ったつもりだけれど、望美は全く信じてくれない。ニヤニヤと口元を歪《ゆが》ませて、とっても嬉しそうだ。

「いやいやいや。それって」

「何よ」

「いやいやいや。頑張れ」

「何もないわよ！　仕事の話なの！」

もう一度はっきりと主張した。

やっぱりこうなる。望美でさえそう思うってことは、あまり人に見られないほうがよさそうだ。


社員食堂を出て、オフィスの近くのトイレに向かう。食堂の近くは混んでいて大変だが、ここならそうでもない。

鏡の前でふたり並んで、化粧ポーチを開ける。

望美が、昨日まではなかった真新しいファンデーションのコンパクトを手に取った。

「あ、それ。私も欲しかったやつだ。可愛い」

テレビのCMで見て、私もずっと気になっていた。コスメって中身もだけど、見た目ももちろん重要だ。手にしただけで、ちょっと嬉しい気分になるから。

「いいでしょ、パクトのデザインに惚《ほ》れて買い換えちゃったよ」

愛用の化粧品や新色のルージュの話をしながら、ふたりでメイク直しをする。髪も乱れていないかチェック。

鏡を見れば、可もなく不可もなく、といったごくごく普通のパーツがそれなりのバランスで揃った顔が映る。派手すぎず地味すぎず、適度にオシャレが楽しくて、ファッション雑誌や広告を見てはそれなりに真似て、綺麗になる努力はしている。

「最近自分の顔を見て、これでよかったなって思うわ」

しみじみと鏡を見て言う私に、望美がルージュを引きながら鏡越しに視線を投げてくる。

「何?」

「シンプルすぎて化粧映えするってやつよね、私」

「あー、いいね、それ」

そう、シンプルがゆえに、アイメイクもしやすいから化粧が映える。が、化粧を落とせば残念ながら、素顔の地味さは際立ってしまうわけだけど。

園田は当然、すっぴんを知っている。

園田の幼馴染みも、とびぬけて可愛いというわけでもなかった。

もしも私が劇的に綺麗な顔をしていたら、園田は私を選んでくれたんだろうか。別に今さら、園田に好かれたいなんて思わないけどね！

強がりでなくそう思うのも確かなのだけど、それでもふと、考えてしまうのだ。顔やスタイルに大差ないなら、幼馴染みなんて最初からスタート地点が違うのだから、それをひっくり返すには劇的な何かが必要だってことだ。

この先、誰かを好きになっても、もし相手にそんな特別な誰かがいたら、何もかもシンプルラインの私では勝ち目がないではないか。

「ねー。女の魅力って何かしら」

「え。何？　突然」

唐突に聞いた私を、望美はきょとんとして不思議そうに見る。

このどうにも納得できない胸の内を、園田絡みなだけに説明するわけにもいかず、曖昧にごまかした。

「や、なんとなく」

パチンと音をさせて、フェイスパウダーのパクトを閉じた。

自分を磨くって難しい。とりあえずわかることは、愛用の化粧ポーチの中には、それができるアイテムは入ってなさそうだということだ。

そもそもなんのために、もしくは誰のために自分を磨きたいか、にもよる。仕事のための自分磨きなら、常々努力したいと思っているけど、多分、今私が思う自分磨きとはちょっと違う。

もちろん、働いている以上役に立つ人材でありたいとは思うけれど、失恋直後の心境としてはやっぱり、女として自信が持てるようになりたい、というのが本音だった。

だからといって、見た目ばかり取り繕いたいわけではなくて。

私は誰のために自分を磨きたいのか……断じてそれは園田のためではないけれど、彼を見返したい、という気持ちなら確かに少しある。

次に恋する人のため？

だとしたら、まだ見も知らぬ人の好みなんてわからないのに、一体何をどうすることが自分磨きに繋がるのやら。

午後の業務。頼まれた書類を必要部数コピー中、ガーガーと少し具合の悪い音をさせているコピー機の前で、ついついぼんやりと考えてしまう。

女子力？　女度が足りないの？　だったら料理でも習いにいく？　でも、園田に褒められて嬉しくて結構頑張ったけど、意味がなかったってことだしな。

あ……イタ。

思い出してしまった。ありきたりな肉じゃがを褒められて嬉しくて、ついレパートリーを増やしてしまった自分。イタイ、当時の私。イタイ思い出は早く忘れよう。

気を取り直して、女子力からは離れる気がするけど、英語を習うとか？　バイリンガルな感じはカッコいいけど仕事で使うこともまずないし、だったら習ったところでどこで披露するんだ、っていう。

「……女度って、どうやったら上がるの？」

コピー機の上で頬杖をつき、ごくごく小さな呟きのつもりだった。皆働いているフロア内だけれど、コピー機は隅っこにあるしガーガーうるさいし、誰にも聞かれていないと思っていたのに。

「ぶふっ……」

噴き出すような声が聞こえて、驚いて肩が跳ねた。

聞かれた……しかも、この声は聞き覚えのある、むしろ聞き間違えるはずのない声だ。恐る恐る振り向くと、やはりそこには思った通りの人が口元を押さえ、肩を震《ふる》わせて立っていた。

「部長っ……いつからそこに」

「いや、たった今、だが」

がーっと一気に顔の熱が上がる私だが、部長はコホンと咳《せき》払いをひとつして表情を立て直す。

ひぃ、ひとりで冷静になられると、なんだか余計に恥ずかしい！

「コピーを一部取ろうかと」

「そんなのは、私たちに頼んでください！」

お願いですから！

部長は私たちが忙しそうにしている時は、こういった雑務も自分でやってくれたりする。

だけど、私たちからすればそれも仕事のうちなんだし、ぜひぜひ任せてほしいところだ。そしたら、こんな呟きを望美かほかの誰かに聞かれても、部長に聞かれることはなかったのに。

恥ずかしさで泣きたくなりながら、部長の手にある書類を受け取る。

話を逸《そ》らそう、逸らしてしまおう。

「私が取っておきますね、一部でいいですか？　今の分が終わったら、すぐ――」

「西原」

「はい？」

「お前は、何をコピーしてるんだ?」

部長がほんの少し眉を寄せ、訝しげな表情を浮かべた。

「え?」

私は言葉の意味がわからなくて、きょとんとその顔を見上げる。

部長の目線は、私ではなくコピー機の紙の排出先にまっすぐ落ちており、私の視線もつられてそちらへ落ちた。

「ええっ⁉　なんで⁉」

コピーされたものが出てきているはずのそこには、ひたすら白い紙だけが排出されていた。

がーがしょん、がーがしょん、と音は派手だが、何も印字されていない紙が結構なハイペースで吐き出されてくる。中途半端に原本の紙の影だけが印刷されているのがつらい。

「なんで真っ白なの?　あああ!　止めなくちゃ!」

「落ち着け」

コピー機の前でおろおろする私の後ろから、にゅっと手が伸びてきて停止ボタンを押した。そのままその手は、原本が挟《はさ》まれている蓋《ふた》をぱかっと開ける。

「まあ、こういうことだろうな」

「……ですね。すみません」

そうですね、ほかに考えられません。私が裏返しで原本を挟んでしまっただけのことです。

恥ずかしすぎる。女度がどうのと呟きを聞かれたうえで、さらにこれ。

「……ストップしたことだし、先に部長の、コピーしますね」

うなだれながら、中の原本を部長のものに入れ替えようとしたのだけれど。

「あとでいい」

そう言いながら、部長はくるっと原本をひっくり返して蓋をしてしまった。「何部だ？」と聞かれて数を答えると、ピッピッと操作してコピーを再開してしまう。

「しっかりしてそうで、案外そそっかしいな」

「……いつもは、そうでもないんですけど」

「女度が気になって？」

部長は口元にうっすら笑みを浮かべて、意地悪なことを聞いてくる。

「言わないでください。なんか調子が出ないだけです」

ふ、とまた笑われた気配を感じた。『もうやだ。これ以上笑わないでください』と私はコピー機に目線を落としたままで若干拗《す》ねていた。

「二日酔いか？」

「いえ、それほどでも」

「なら、いいが。女度、ないこともないと思うぞ」

二日酔いを心配されるほど、披露宴では酔っていなかったと思うけどな……でも赤くなりやすいほうだから、そう見えたのかも。

……ん？　今、部長、なんて言った？

部長が普通の顔であまりにさらりと言ったものだから、うっかり聞き流してしまいそうになったけれど。最後に言われたセリフに、ぴき、と思考回路も顔も身体も固まった。

「無理に作っても、気色悪いだけだ」

ぽん、と頭の上を大きな手が乗った感触がして、衝撃で視界が揺れる。それでもまだ固まったままの身体は動かなくて、部長が離れていく気配を感じてようやく振り向いた。

「ぶ……部長？」

その時にはもう、部長は後ろ姿で、デスクに戻っていく途中だった。

私は呆然とそれを見送りながら、頭の中では先ほどのセリフがぐるぐるぐるぐると
リフレインしていて止まらない。
『女度、ないこともないと思うぞ』
時間差で、ボンッと頭が沸騰《ふっとう》した。
な、な、な、何、今の、頭ぽんってされた！　私慰《なぐさ》められたのかな！　女度、
ちゃんとあるってこと⁉
いや、でも、無理したら気色悪いとも言われた。そもそも、『ないこともない』っ
てどういうこと？　あるの、ないの、どっち？　部長、どっちですかああ！
コピー機が、がーがしょん、がーがしょん、と鳴り続ける。
その音が止まる頃まで、私の頭の中は混乱し続けたのだった。

可愛い弟分

今年は暖冬なのか、日中は暖かい日が多い。だが、日が傾けばさすがに風が冷たく冬だなあと実感させられる。

職場を離れ、駅に近づいてから東屋くんに連絡しようとスマホを取り出した。

彼も同じ駅を使っての電車通勤だから便利だし、この駅から隣駅まではずっと繁華街が続いていて飲食店も多い。その繁華街を隣駅の方角に向かってまっすぐ行くと、やがて大きな商業施設と赤い観覧車が遠目に見えてくるのだ。

そう、昨日園田の結婚式が行われたホテルのある駅だ。

「……あ」

駅の方向から、彼も同じようにスマホを手にしながらこちらに歩いてきたところで、ほぼ同時に互いを見つけて声が出た。

「お疲れさま」

「お疲れさまです。外回りから今戻ったとこで……すみません遅くなって」

東屋くんが引き返すかたちで、歩きだす。考えることは同じようで、この方面が店を探しやすいからだろう。

「さよさん、何食べたい？」

やけにほくほくと、嬉しそうな顔だった。

「そんなにお腹空《す》いてんの？　いいよ、東屋くんの好きなので」

といっても相談事があるなら、ゆっくり話せそうな居酒屋とかがベストかしら。

私は、昨夜の件がある。戒めの意味と身体のためにも今日は飲まないつもりだけれど、彼は多少飲みながらのほうが話しやすいかもしれない。

そう思っていたが、東屋くんが提案した店はちょっと違った。

「じゃあ、美味い洋食屋があるんで。そこでいいですか？」

そう言って彼が連れていってくれたのは、少し狭い路地を入ったところにある小さな洋食屋だった。東屋くんに続いてステンドグラスの扉をくぐれば、赤レンガの壁と橙《だいだい》色の温かいランプの灯りが印象的な空間が広がっていた。小さな店だが、静かで落ち着いた雰囲気だ。

女性店員に案内されて、一番奥の窓際のテーブルに向かい合わせに座った。

「へー、いい感じの店だね」

渡されたメニューを見れば、ワインやカクテル、ビールなどアルコールももちろんある。でも、がっつり飲む、という雰囲気の店ではない。

「気に入ってもらえたら何よりです。ここ、肉料理がすげー美味くて」

やっぱりお腹が空いてたんだ。

お酒より、お腹にたまるものがよかったらしい。『ほんと、よく食べるなあ』と、確か彼の研修中にランチをふたりで食べた時も、そう思ったのを思い出した。

看板メニューということで、ふたりとも牛肉のカツレツをそれぞれ頼み、それ以外にも彼はサラダとピザをオーダーした。

「ここの、結構量が多いんでシェアしましょうね」

彼はそう言って、好みのものを私に決めさせてくれたけど、はっきり言ってカツレツだけでもかなりのボリュームがあり、私はサラダとピザはちょっと味見した程度だ。

東屋くんは決してガツガツとした印象ではないけど、まあよく食べる。

「……若いなあ」

「ふたつしか違わないじゃないですか」

彼は子供扱いされたとでも思ったのか、少しむっとした表情で私を見る。

「やー、二年前は私も、もうちょっと食べられた気がするわ」

「ってか、さよさん、最近痩《や》せてないですか。もっと食べてくださいよ、ほら」

「えー」

取り皿に強制的にピザが一枚載せられた。チーズとトマトとバジルの、シンプルなピザだし食べられないことはないけれど。

ああ、そうだ。昨日の結婚式のために、ダイエットもしていたのだ。そのせいで、胃が縮んでいるのかもしれない。負け犬女の見栄ってやつだと気がつき、なんだかすごくバカバカしくなった。

「……食べる」

「はい。ここ、デザートも美味しくて、女の子に人気あるんですよ。ほら見て」

そう言って、デザートメニューを広げて私に見せる。その様子はずいぶん、機嫌がよさそうだけれど。

「あとで見るよ。それより悩みがあったんじゃないの?」

さっきから、少しもその話題が出てこない。

「あー……、そう。それなんですけど」

彼は少し目を逸らし、言葉を探しているのか選んでいるのか、歯切れが悪かった。

「うん?」

「悩みっつうかちょっと、こうして話したくて。さよさんと」

少し照れ臭そうに、彼が横髪をかいた。

『どういうことだ？』と訝しんで、つい眉根が寄ってしまう。

「なんか、こうしてさよさんと食事するだけで、初心に戻れたような気がします」

「どういう意味？　相談したくて食事に誘ったんじゃないの？」

「あ、そんな怒んないでくださいよ。ほらほら食べて」

そしてまた、ピザがひと切れ載せられる。

それで機嫌が取れると思っているなら、失礼な話だ。

「ちょっと悩んでたのは本当です。ずっと営業やってると、うまくいっててもなんかこう、だんだん感覚がおかしくなっていくというか……少しずつ、要領がよくなっていくじゃないですか。取引先との会話にも慣れが出てきて、ふと気がつくと、大事な部分が初めの頃よりぞんざいになってたり」

「あー……言いたいことはなんとなくわかる。要領のよさがただの手抜きに繋がってきてる気がする、そんな感じ？」

「そうそう。そんな感じ。なので、今日はさよさんと食事ができてよかったです」

「そこはわからん」

「入社したばっかりの頃、何度か昼飯を一緒に食べたじゃないですか。いろいろお小言付きでしたけど」

「……そうだっけ?」

なんてとぼけてみるけど、ちゃんと覚えている。私自身、初めての指導だったから
つい肩に力が入って、いろいろと細かいことを言った。

「そうですよ。でも、あのお小言のおかげでちょっとは一人前になれたと思ってるん
で、さよさんの声聞くと、やっぱ気合入るんです」

そんな風に言われると、何やら照れ臭いけれど。なるほど、それで『初心に戻る』

ということか、と納得して頷《うなず》いた。

「なので、たまに食事に付き合ってくれると嬉しいです」

「まあ……いいけど。それくらいなら」

「えっ? ほんとに?」

自分が言いだしておきながら、私があっさり了承したのが意外なようだった。彼は
ちょっと瞠目《どうもく》して、瞬《まばた》きを繰り返している。

「別に、食事くらい。声かけてくれれば」

「マジすか、やった」

言いながら、彼は小さくガッツポーズをする。

えらい勢いで喜ばれたので、今度は私のほうが驚いてしまった。でもまあ、可愛い後輩に懐かれるのは悪くない。

だけど、たかが食事に付き合うくらいでそんな反応をされれば、何かほかにあるのかと変に勘ぐってしまいそうだ。

「何？　なんか大げさすぎて後悔しそうなんだけど」

「いきなり後悔しないでくださいよ！　奢《おご》りますよ、なんでも！」

テーブルに上半身を乗り出すかたちで勢いよく話す彼に、私は呆《あき》れて頭を振った。

「別に自分の分くらい自分で払うわよ、彼女じゃあるまいし」

「いえいえ、誘ってるの俺だし、女性に出させるなんてあり得ないから」

なんか必死すぎて、カッコつけてるのかカッコ悪いのかよくわからない。そういう感じが何か憎めなくて、ついからかってしまった。

「そういうこと気負いすぎるの、逆に子供っぽいよ」

「えっ……」

「ぶはっ」

あからさまにうろたえて言葉を失った彼の様子に、うっかり噴き出してしまった。

「……ひでー。からかった」

「違うって、からかってない」

私は笑いをこらえようと、口元を押さえて顔を伏せる。ちらりと目線だけ彼に向けると、ちょっと拗ねたように唇を尖《とが》らせていた。

「嘘《うそ》ばっか」

「うん、嘘。いいじゃない子供っぽくたって」

こらえきれずに、あははと声をあげそうになって危うく抑える。

さらに拗ねられてしまうかと思ったけれど、東屋くんは頬杖をつき、じっと私と目を合わせたあと、くしゃっと笑った。

そんな仕草は、ちょっとだけ大人っぽく見えたりもしたのだけど、ほんの十数分後には前言撤回することになる。


食事を終えて、東屋くんとふたりで店を出た。結局、『支払いは任せてくれ』と東屋くんが譲らなくて、ごちそうになってしまった。

駅までの道のりはそれほど遠くない。酔いを醒ますにはちょうどいい距離だ。風もひんやりとしていて気持ちいい。

結局、肉料理があまりに美味しくてワインを飲んでしまい、ほどよく酔っている。

足元をふらつかせながら気分よく歩いていると、小生意気な声が飛んできた。

「おねーさんどこ行くの、駅こっち！」

東屋くんが、私に向かって手招きをする。

「『おねーさん、おねーさん』、うるさい！」

あれからいちいち、人のことをわざとらしく『おねーさん』と連呼する。仕返しが子供っぽい！　大人っぽいと思ったの、全部台無し！

「先にお子様扱いしたのは、そっちじゃないですか。ほら、足元」

にい、と意地悪に笑ってから、彼は私の腕を取った。

「ふたつなんて、大して変わんないのに」

「結構変わるわよ……あ。ふたつだからかな」

「なんですか？」

「弟がふたつ下」

「あー……なるほど」

だからだ。弟やその友達を大人だなんて思ったことないし、いつまで経っても弟は弟だ。

「送りますね」

確か逆方向なのにそんなことを言うから、遠慮しようと隣を見上げる。片腕を持ち上げて腕時計を確認する、その仕草が目に入った。

「腕時計、好きなの？」

よくよく見ると、結構いい時計なんじゃないかしら、と気がついてぽろっと尋ねた。

「まあ……好きなほうかな。携帯があれば、それで事足りるんですけどね、腕にあると落ち着くというか」

「いくつか持ってたりする？」

「そうですね、仕事用とかプライベート用とか……五つだっけ」

「そんなに？」

そうなのか。そういうものなのか、だとするとあれ一個なくてもかまわない……いや、皆が東屋くんみたいにいくつも持っているはずはないか。

時計は返さなければいけない気はするけれど、持ち主を探すのは恐ろしい。知りたいような知りたくないような、昨夜のことをどう処理すればいいのか、相手がわからなければどうすることもできない。

「腕時計がどうかしました？」

唐突な私の質問を不思議に思ったのだろう。

きょとんとした表情を向けられたが、ふいっと視線を前に向けてやり過ごす。

「別に。いい時計だなって」

昼間も思ったけど、やはり東屋くんは除外だ。大体、酩酊《めいてい》状態の女に手を出すほど女に困っていないだろうし……ってことは、相手は女に困るタイプの男だったってことか？

「うわ。それもやだな」

「ええっ？　どうかしました？」

「なんでもない、独り言。……あっ！」

「えっ？　今度は何？」

駅手前のバス停付近に、タクシーが一台待機しているのが見えた。

「私、タクシーで帰る。東屋くん、今日はごちそうさま」

「えっ、送るって言ってんのに！」

酔っているせいか、会話がいちいち急カーブぎみになっている自覚はある。それに振り回される東屋くんにはちょっと申し訳ないが、楽しい。今日はなかなか、心地いい酔い方だ。

ばいばい、と手を振ってタクシー乗り場に駆けだすと、気づいた運転手がすぐに後部座席のドアを開けた。

乗り込もうとした、その寸前だ。

くんっと腕を後ろに引っ張られた。

「待ってくださいって、あのっ……」

外灯の真下で、彼の少し茶色がかった髪がなおさら明るく目立つ。

その髪をくしゃくしゃっとかきながら、彼は一度言いよどむ。いつもはハキハキとしゃべるタイプなのに、珍しい。

「何よ、どうしたの？」

「さよさんも」

「へっ？」

「何かあったら、なんでも聞きます、俺」

真剣な表情だった。突然何を言いだすのかと、頭がついていかない。

私みたいに、会話がぴょんぴょん飛ぶほど酔っているようには見えなかったが。

「えー……と。何かって」

「悩みでもなんでも、憂《う》さ晴らしでも」

なんで急にそんなことを言うんだろう。大体今日だって、悩みがあるから聞いてくれと言ったのは彼のほうだ。

「私、なんか悩んでそうに見える？」

「だって、さっきも言ったけど、急に痩せたし。それにさよさん」

「うん？」

「何かあっても、誰にも言わなさそうだから」

心配そうに眉を歪めて言ったあと、彼はじっと私を見つめて返事を待っているようだった。

そうかな。私は傍《はた》から見て、そんな風に見えるのか。確かに、園田とのことは誰にも言えなかったし、だからこそ今もひとりで消化するしかないんだけど。

しばらく黙り込んでいると、しびれを切らしたタクシーの運転手に「乗らないんですか？」と催促された。

私は慌てて「乗ります」と答え、東屋くんの腕をぽんと叩《たた》く。

「心配かけてたみたいだけど、痩せたのはダイエットだし」

それでもまだ何か言いたげな彼に、私は笑って言葉を続けた。

「でも、ありがとう。楽しかったし、いい気分転換になった。また付き合ってよ。ね？」

微笑んでそう言うも、彼の反応は乏しかった。ちょっと顔が赤いように見えたから、照れているのかもしれない。

今度こそ乗り込んだタクシーの中でそう気がついて、ふふっと笑った。

チャラそうだけど、からかいがいもあって面白い、可愛い後輩だ。そして、案外気遣い屋で優しいとこがあるのだな、と思った。

自分では顔には出していないつもりだったから、気落ちしていることを悟られていたのには驚いた。かといって、話すつもりもないけれど。

『失恋でダメージ受けてます、しかも遊ばれてました』なんて言いたくない。

「……言ったところで」

誰の得にもならないのだ。当の園田はもう結婚して子供も生まれるのだから。

タクシーの窓ガラスに頭をもたせかけ、ため息をつく。

ひんやりとした空気が窓ガラスから伝わって、頭も酔いも少し冷やしてくれた。

見つめられると溶けそうです、部長

東屋くんとの食事から二週間ほど経ったが、相変わらず腕時計の持ち主はわからないままだった。それが今、私の胃を痛めつけている。

なぜあんなものを置いていったんだろう。

返さないわけにはいかないと思うのに、持ち主はちっとも姿を現さない。

正直、相手が何も言わないならもういいか、とも思った。だが、どうしても気になった私は、改めて忘れ物の腕時計を手に取って、うっかり調べてしまったのだ。

『ぱ……パネ？　んー……わかんないな』

文字盤のアルファベットを見ても、知らないブランドだった。読みがわからずアルファベットの並びをそのままスマホで検索すると、すぐにそのブランドの公式サイトが見つかった。

ほかにも『メンズ腕時計ランキング』などのページも、公式サイトの次に挙がっている。もしかして人気のあるブランドなのだろうか、とサイトを開き、商品一覧を見て驚いた。

『え……え？　ひゃ……ひゃく？　……え……百万？　マジで？』

高価そうな腕時計だなとは思っていたけど、そこに並ぶ商品の価格は、どれも予想の遥か上だった。

……どうしよう、こんな高価なものだったなんて。

『これは、何がなんでも思い出して返さなければ』と、腕時計のことがずっと頭から離れなくなってしまった。

覚えているのは、知り合いだったような気がすることと、泣いたこと……ほかには？

なんとか思い出そうとするのだけど、そうすると必ずキスの記憶に邪魔されて何も出てこない。

あんな、身体の芯から溶けるような、熱くしっとりしたキスは、初めてだった。少しも乱暴じゃないのに、交じり合った吐息の熱で互いに欲情しているのが伝わった。だけど、どこまで触れていいのかわからない、そんな……ギリギリの。もう一度キスしたら、わかるだろうか。

誰と？　……って、だから。キスのことはもういいんだって！　思い出さなきゃいけないのは、そこじゃなくて！

「うあああ、違う、……不満なんかじゃないぞ、私は！」

「何、悶《もだ》えてんの？　やめてよ、恥ずかしい」

顔から身体から熱くなって、ぎゅっと箸を握りしめて悶絶していたら、望美に呆れた表情で怒られた。

そうだ、社食でランチ中でした。

「あんた最近どうしたの？　なんか仕事も注意力散漫だし。そのうち取り返しつかないミスするわよ」

「……わかってる。反省してる」

わかってるんだけども、何も手がつかない時っていうのは、そういうもんであって。それに、もうひとつ気づいてしまったことがある。私、あの夜、泣いたことは覚えているけど、何か口走ったりしなかっただろうか。

結婚式の日から約二週間、園田も新婚旅行から戻って出勤しているが、私とのことが噂にのぼっているようなことは、ない。

相手が黙ってくれているのか、私がしゃべらなかったのかはわからないが、もう二度と、前後不覚になるような酔い方はしない、といたく反省した。

「望美ぃ……酔って記憶飛んだことってある？」

「あー、あるある。どうやって帰ってきたのか、全く覚えてなかったりねー」

「あ、よかった。あるよね、あるよね」

同意を得てほっと胸を撫で下ろす私に、望美は『何かある』と当然気づくわけで。

ニヤッと笑って追及してくる。

「何やらかしたの？」

逃れられまいと諦《あきら》めた私は少し声を潜め、上半身を乗り出して望美に聞こえるように言った。

「ヤッてないと思うけど、起きたら洗面所に見知らぬ腕時計があった」

「え？」と望美が笑ったまま固まった。

「男物の」

「マジで？」

そして、うきうきと身体を乗り出して話に食いついてきた。実に楽しそうだ、他人《ひと》事《ごと》だと思って。

「へえぇ、意外。さよって、もうちょい身持ちが固いと思ってた」

「だから、してないって」

そこだけははっきり主張しなければ、と望美を睨んできっぱりと言うのだけど、彼女にはこたえた様子はない。

「覚えてないんだったら、わからないじゃん」

「さすがにそれくらいわかるよ！」

……多分！

記憶がないから感覚でしかないのが悔しいが、あえて自信たっぷりに言いきった。

しかし、望美はそれでも納得していないようだ。

「えー、でもさ。置いてあった場所が洗面所って、意味深じゃない？」

望美は箸を持った手で頬杖をつきながら、視線を上向ける。洗面所に置かれた時計の意味を、あれこれと妄想しているに違いない。

「意味深って？」

「まあ、あんたの言う通り、ヤッてないとしたらよ。なんのために腕時計を外したの？」

「なんのため……」

「シャワーを浴びる必要もないよね。じゃあ、なんで？」

ニヤニヤと嬉しそうな顔で問いかける。確かにその通りだ、外す必要なんてないのになんでだろう。

「……手を洗った？」

「洗う必要もないし、手を洗うくらいで外さないし」

「だよね」

「だからさ、私はそれ、わざと置いてったんじゃないかと思うのよ」

望美はうふふ、と嬉しそうに笑う。

私は言葉に詰まった。確かに、『故意かな』と私も少し思ったからだ。だけども、それにしたって謎は残る。あんな高級な腕時計を置いていく理由はなんだろう。

考えすぎてよほど難しい表情をしていたのか、望美が箸で私の眉間の皺《しわ》を指しながら言い募る。

「なんか、身に覚えないの？」

「だから、何も」

「ほんとに？　酔ってたとはいえ、なんかちょっとは記憶あるんじゃないの？」

望美の言葉に、ボンッと浮かんだのは当然あのキスの記憶で、同時にかあっと顔が熱くなった。

「ちょっと！　何赤くなってんのよ。やっぱ覚えがあるんじゃないの！」

「ちがっ、ないわよ、何言ってんの！」

私の反応に望美はさらに身体を乗り出して、楽しそうに詳細を聞き出そうとする。

「嘘つけぇ！」

「俺も聞きたいな、おねーさん」

「うわっ⁉」

突如割り込んだ男の声に、椅子からお尻が飛び跳ねるくらいに驚いた。「あら」と正面にいる望美の目線が私の背後に飛び、恐る恐る振り向いてみる。

「さよさんの顔を、そんなに真っ赤にするような出来事があったんですか？」

爽やかイケメンが、真後ろの椅子に座ってにこにことこちらを見ていた。

いつからそこに⁉

「東屋くんも聞きたいって」と、望美に催促されたけれど、冗談じゃない。

誰が言うか！　恥ずかしい！

「腕時計の持ち主探して、どうしたいんですか？」

「どうもこうも返さなきゃ……ってどこから話聞いてたのよ」

「酔って記憶をなくしたことがあるか、って辺りから」

貼りついたような笑顔だ。悪びれもせずに彼はしれっと言うけれど、それってつまり丸々聞いてたってことだ。

「ほぼ最初からじゃない！」

『声もかけずに真後ろに座って盗み聞きか！』と言うのは、ちょっと理不尽な八つ当たりだ。

だってここは社員食堂で、誰がどこに座ったってかまわない場所だから。

「さよさんが無防備に、際どい話しすぎなんですよ。聞いてた男が、酔わせたらこっちのもんかとか考えたらどうするんです？」

「わかった。東屋くんとはもう飲まないことにする」

「あ、そういうこと言います？　今晩飲みに行きません？」

背もたれに片腕を乗せ、上半身を振り向かせながら、ちょっと生意気にも色気のある流し目で誘われた。

だけど、この流れで誘いに乗る人間がどこにいる。

「いーやー！」

べーっと舌を出して、食べ終えたランチのトレーを持って立ち上がり、さっさと退散することにした。女同士ならいざ知らず、東屋くんにまで根掘り葉掘り聞かれてたまるか。

女子トイレの洗面所で、鏡を覗きながらルージュを引き直す。

望美は隣で眉を整えていた。

「懐かれてるねえ」

「まあ……最初に指導したのが私だからね」

「それにしたって、最近よく食事に行ってるじゃない」

「よく、じゃないよ。三回行っただけ」

洋食屋のあと、焼き鳥屋と焼き肉屋。

次は私が奢る番だから、あともう一回行くべきなんだけど、今日は嫌だ。絶対さっきの話をぶり返される。

「で……その腕時計の主と、顔が赤くなるような何があったの」

こちらの追及は、もう逃れられそうにないので諦めたけど。

「……はっきり覚えてはいないんだけどさ」

恥ずかしいやらで、ルージュを無意味に手でもてあそびながら、渋々口にする。

「キス、したのを覚えてる」

「え、誰と？　その腕時計の彼と？」

鏡越しに見る望美の顔は、呆気に取られたようにぽかんと口を開けていた。

「わかんないの！　何も！」

結局、あの日のことをほぼほぼ全部、誰かと交わしたキスがひどく濃厚だったことまでしゃべらされてしまった。


望美曰《いわ》く。


『あんた、ほんとに無事だったの？』

そんな濃厚なキスをしておいて意識もないのに、本当にいたしていないのか、とそれが不思議だったらしい。

そりゃ……泥酔した女の顔なんて綺麗なもんじゃないだろうし、その気が失せたってことじゃないのかしら。

午後の業務が始まって、ようやく楽しそうな望美の追及から逃れられたが、微妙に仕事に集中できない。というのも、最後に望美が変なことを言ったからだ。

『そんな高い時計をさ、うっかり忘れもしないだろうし。さよのほうから、思い出して声をかけてほしい、とかじゃないの？　だとしたらロマンチックー！』

そう言って望美は騒いでいたけど、絶対相手をイケメンで想像してるよね。

……でも。

ふと、資料を整理していた手を止める。確かにイケメンであれば嬉しいけれど、こんなにも気にかかる理由はほかにある。

どうしてもあのキスを忘れられないのは、濃厚である以上に確かにあの瞬間、寂しくて空っぽになりかけていた私の心が慰められたから。涙を拭ってくれた手も、ひどく優しかった。だから、頭からずっと離れないいんだ。

ふぅ、と息を吐き出して、緩く頭を振った。

仕事に集中しなきゃ、いつかほんとにミスしちゃう。


深呼吸して雑念を振り払い、仕事を再開したのだが、『時すでに遅し』というやつで。私がそのことに気づいたのは、夕方近くになってからだ。

順繰りに仕事をこなしているつもりで、積まれた資料を上から片づけている時、資料の山と本立ての間に落ちているファイルに気がついた。

「あ……」

考えるまでもなく、すぐに思い出した。明日の打ち合わせに必要だから、と頼まれていた資料作成のための、データじゃなかったか。

ドクンと心臓が大きく跳ねて、冷や汗が噴き出した。慌ててファイルを開いて確認する。

まだ何も手をつけていない……けど、大丈夫。それほど難しいことじゃない、データは整理できているし、それを伝わりやすいように資料に起こすだけ。

時計に目を走らせて、頭の中で資料作成にかかる時間を計算したが、かなりギリギリだった。

誰かに手伝ってもらおうかと一瞬頭をよぎったが、思い直した。自分がぼけっとしていた末の事態なのだ、自分でなんとかするべきだ。今から取りかかれば残業にはなるけれど、終電、遅くても明日朝までには間に合うはずだ。

終電に間に合わなければ、帰りはタクシーになってしまう。家までタクシーで帰るとなると、金額的にかなり痛いがそれもいたし方ない。『仕事仕事！』と集中しているつもりで、雑念を追い払いきれなかった報いだ。

午後六時の終業時刻を迎え、自分の仕事を終えた人たちは順々に席を立ち、帰り支度を始めていく。

「お疲れさまでーす」

「お疲れさまー」

「さよ、まだ帰らないの？」

望美が忙しく手を動かしたままの私に気がついて、声をかけてくれた。

「うん、ちょっとね……後回しにしちゃってた仕事があって」

「大丈夫？　手伝おうか」

「へーき。そんなにかからないよ」

笑って手を振ったけど、ほんとはそんな会話をしている時間も惜しい。後回し、なんて曖昧な言い方をしてしまったけど、実際には綺麗さっぱり忘れてしまっていたのだ。そんなくだらないミスのために、誰かに助けてもらうわけにはいかない。

だけど焦《あせ》れば焦るほど、わずかなことに手を取られた。いつもならすぐにできる調整なのに、図形や表を取り込んだ途端にバランスが崩れるなど、今日はなかなかうまくいかない。

「西原」

「はいっ⁉」

突如、セクシーな低音ボイスで名前を呼ばれ、背筋が伸びた。パソコン画面から顔を上げ、フロア全体を見回す。

いつの間にか、藤堂部長とふたりきりになっていた。

「あ、部長。お疲れさまですっ」

「お前が残業するまで仕事を持ち込むなんて珍しいな。大丈夫か？」

図星を突かれ、ぎく、と顔が引きつった。雑念で仕事がおろそかになっていたなんて、情けなくて絶対知られたくない。

「接待がなけりゃ、手伝ってやれるんだが……」

「とんでもない、大丈夫です！　ちょっと手間取ってるだけで……すぐ終わりますから。平気です」

笑いながら両手を振って、問題ないと主張した。

だけど、藤堂部長はじっと私を見つめて、何も言おうとしない。

合ったままの視線と沈黙の意味がわからない。焦りと戸惑《とまど》いで、追いつめられたように言葉を繋いだ。

「あの、ほんとに大丈夫です！　ちゃんと間に合いますから」

今まで、どんな小さな仕事も大事にしてきたし、納期を過ぎたことはない。いつも早めにこなしてきたつもりだから、仕事に関してある程度の信頼はあると自負していた。だから、「はあ」とつかれたため息は、私の胸にぐっさりと突き刺《さ》さった。

あ……ヤバい。呆れられた。

そう気がつくと、すうっと背筋が冷える感覚に襲われる。

「あまり、遅くならないように」

フロアを去る間際、そう言ってくれたのに、あまりにショックを受けていて返事もできず見送ってしまった。

静まり返ったオフィスの中で、私が椅子を引いて座り直した音が響く。いつもは気づかなかったけれど、油が切れているのか耳障《ざわ》りな音だった。

「早く、済《す》ませなきゃ」

――カタカタカタカタ。カチ、カチカチ。

キーボードを叩く音、マウスのクリックの音、全部が急ぎ足。いつもは気にならない程度の音がやけに気になって、それが余計に寂しさや情けなさを増長した。

せめて、泊まりで残業して迷惑かけたりしないように、終電前には終わらせなくちゃ。

集中し始めた頃、テーブルの上に置いたスマホの振動音でまた気が逸れる。

『何よ』とイラ立ちながら液晶画面をちらりと見て、表示されている名前にドクンとひとつ、鼓動《こどう》が跳ねた。

「……園田？」

……え。何？　急に。

別れ話のあと、連絡なんて一切なく、社内でも個人的な関わりはすべてそっちから断ちきったくせに、なんで？　しかもなんで、この大変な時に限って？

着信音の短さから、電話ではなくメールだとすぐにわかった。恐る恐る、スマホを指で引き寄せて、送られてきたメッセージを開く。読んだ途端、意味がよくわからなくて思考回路が数秒停止した。

いや、文章自体は全く複雑でもなんでもないのだが、これがあの男から私に送られてきたことの意味がわからない。

【旅行の土産《みやげ》渡したいんだけど。いつがいい？】

なんで？　旅行の土産を元カノに？　……っていうかその旅行って、新婚旅行だろ。

そこまで考えて、かっと頭に血がのぼる。

「何考えてんの⁉」

腹立ちまぎれにスマホを振り払うと、スライドして床に派手に落下した。

『しまった』と慌てて拾い上げて壊れていないか確認する。少し傷はあったが無事なようでほっとしたものの、すぐにまた怒りが沸々と湧いてくる。

「つぁぁあああ、むかつくっ！」

ダンダンダン！と足を踏み鳴らして、無理やり怒りを発散した。

何考えてんのか全然わかんない！　園田って、こんな宇宙人みたいな奴だっけ⁉　怒りに任せて返信しようとしたが、すぐに思い直してやめた。変に反応したら、余計に腹立つ事態になりそうな気がしたからだ。

『あ、送り先間違えた』とか返ってきたら、今度こそブチ切れてしまいそうだ。やめよう。既読無視でさっさと仕事を終わらせよう、今はこんなことに時間を割《さ》いている場合じゃないんだ。

パンッと両頬を手で叩いて、気合を入れ直す。

今ここで仕事に集中できなければ、本当に社会人失格だ。園田のことはむかつくが、今は後回しだ。

『また着信があったら』と思うと気になって仕方がないので、スマホはバッグの中にしまい、再びパソコンに向き合った。『落ち着かなくちゃ』と何度も途中で深呼吸しながらも、ひとつひとつ確実に作成していく。

何時間経過したか、お腹が空きすぎて麻痺《まひ》してきた頃。

ようやく最後の確認をしているところで、どうしてもひとつ、レイアウトがうまく収まらない箇所があり、微調整をしていた。

「あれ。んー……でも、ここ小さくすると見づらいしな」

ほんの、わずかなこと。でも、それを褒めてくれた東屋くんの言葉がぽんと頭に浮かんで、スルーはできなかった。誰でもできる仕事だけど、それを丁寧にやることで、私の仕事なら確実だと誰かに思ってもらえることが嬉しい。

少し前に保存したデータと見比べながら、なんとか微調整を繰り返す。

「よっしゃ、でけたー！」

データの完成度に満足し、ぽちっと保存……しようとした。

「ストップ」

「えっ」

低い声が真後ろから聞こえて、保存のボタンをクリックしようとした瞬間に、ポインターがズレた。マウスを握る私の手に大きな手が重なっていて、その手がポインターをずらしたのだ。

「ぶ、部長？」

右手だけじゃなく、私の左側からも手が伸びてきており、デスクに置かれている。

背後から覆い被《かぶ》さられるような状況で振り向くことはできないけれど、声だけで藤堂部長だとすぐにわかった。

「このままだと、古いので上書きすることにならないか?」

「え……あ!　ほんとだ!」

指摘されて気がついた。ずっと画面と睨めっこしていて、思考力が落ちてきていたのかもしれない。せっかく微調整を済ませたデータを、古いデータで上書きしてしまうところだった。

一度した作業だから難しくはないけれど、もう一度やり直すとなれば、余計な手間でまた時間を食ってしまう。

「す……すみません。助かりました」

「いや、咄嗟《とっさ》のことで驚かせたな」

言いながら、部長がマウスを操作して正しく保存してくれた。……私の手を、マウスとの間に挟んだまま。

なぜ、どうしてこんな密着した状況なんだろうと、わけがわからないまま鼓動がせわしなく走り始める。

「あ、あの。部長、接待じゃあ……」

「終わったから戻ってきた。もういいな?　電源落とすぞ」

「あ、はい!　あの、自分で……」

「ん？」

おまけにそのまま、電源を落とすところまでやってもらってしまっている。

ポインターの動きがやけにのんびりとしているのは、気のせいかな、気のせいかな！

これは、こんな時間まで仕事を頑張った私への、神様からのご褒美ですか？　それとも注意力散漫のせいで、危うくご迷惑をおかけするところだった罰《ばつ》ですか？

距離が近すぎて、背中が熱くて身体が強張《こわば》る。息遣いまで聞こえそうで、耳元がくすぐったいような気さえして、居心地がいいのか悪いのかわからない。

あまりの状況に言葉が続かなくなってしまった私に、不審がることもない部長は、もしかしてわざとやっているのでしょうか。

早鐘を打つ自分の鼓動を聞きながら、固まること数秒。そう、多分それほど長い時間ではなかったのだ、私が長く感じただけで。

「電源、落としたぞ」

「あ、ありがとうございます……」

ようやっと、これまたゆっくりと、重なった手が離れていった。

疲れた。どっと疲れた、心臓フル活動だ。背中に感じていた体温も同時に離れていき、ほっとして力が抜ける。

そんな私にひと言、今度は咎《とが》めるような声が聞こえた。

「ところで今、何時だと思ってる？」

「えっ……あ！」

慌てて壁の時計を見上げた。

もしや、終電逃した⁉　かと思いきや、思っていたよりも早い、十時過ぎだった。

「やった！　よかった、終電間に合いました！」

「終電過ぎる可能性まで考えて、やってたのか」

喜ぶ私とは裏腹に、部長の声は非常に低かった。

マズかった、だろうか。

クルッと椅子を回転させて、恐る恐る横を向く。

藤堂部長が少し後ろに下がり、背後の壁にもたれて腕を組んでいた。

残業をしてはいけないことはないけれど、あまり遅い時間までの業務は歓迎されない。それは重々わかっている。

「西原がこんな時間まで追いつめられることは、今までなかっただろう。抱える仕事が多すぎて負担になっているなら、俺にも責任がある」

部長は少し眉根を寄せ、私をじっと見つめている。

その目が私を咎めているわけではなく、真剣に業務上のことを心配してくれているのだと気がついた。

「いや！　違います、そうじゃなくて！」

『とんでもない』と、慌てて頭を振った。ただ仕事が手につかなくて、やるべき作業のことが頭から抜け落ちていたなんて、情けなくて知られたくなかったけれど……。

部長の責任だなんて言われたら、もう観念するしかない。

「違うんです、その……このところ、注意力が散漫になっていて、それで、その……頼まれていた仕事をひとつ、忘れてしまっていたんです。明日までだったので、それで慌てて……すみません」

椅子から立ち上がり、頭を下げた。

ああ。仕事だけはコツコツ真面目に、信頼を築いてきたつもりなのに、また呆れられるだろうか。重いため息を聞かなければならないだろうか、と心の準備をしていたのだが――。

「そうか」

至極あっさりとした答えが返ってきて、驚いて顔を上げた。

「間に合ったんだろう。なら、それでいい」

「えっ……」

「なんだ？」

何か言いたいことでもあるのか、とでも尋ねるように、部長が首を傾ける。

お叱《しか》りを覚悟していた私は、気が抜けたのもあって、ついぽろりと正直に答えてしまった。

「いえ……怒られるかと。それに接待に向かわれる時にもため息をつかれていたので、ご迷惑をかけてしまったかと思って」

仕事に集中できず、それがこんな事態に繋がったのだ。注意されて当然なのに、返ってきた部長の言葉は厳しいものではなかった。

「あれは、お前が頑《かたく》なに大丈夫だと言い張るからだろう」

声はむしろ、優しすぎるくらいだ。ぽかんと見つめる私に、部長の口元が少しだけ緩む。

あ、笑った……と気づいた途端、見つめすぎていた自分が恥ずかしくなって、顔の熱が上がった。

「生真面目なお前のことだから、充分身に染みているだろう。俺が言わなくても」

これまで頑張ってきた自分を、見ていてくれたのだと信じられる言葉だった。

それだけじゃない。この数時間、自業自得《じごうじとく》だからと片意地を張って凝り固まっていた自分から、解放されたような気がした。

「はい……身に染みました。もし間に合わなくて、契約に支障が出たらどうしようって思ったら……」

怖くて仕方がなかった。力が抜けた途端に涙腺まで緩みそうになり、きゅっと下唇を噛《か》む。

「そういう時は、ちゃんと誰かに助けてもらえ。ミスくらい誰にだってあるんだから、ひとりで解決しようとするな」

「はい、すみません！」

そこだけは急に語気が強くなり、私はまた背筋を伸ばす。だけどその拍子にぽろっと涙が落ちてしまった。

まさか、こんなことで自分が泣くなんて思ってもみなかった。

慌ててうつむいて顔を隠したけど、しっかりと見られていたらしい。突然、くしゃくしゃっと乱暴に、部長の手が私の頭をかき交ぜる。

「くだらない。泣くほどのことじゃないだろ」

「や、やめてください、それ。余計に泣けてきます！」

大きな手がすごく温かくて、なおさら涙がこぼれそうになる。その手が離れてしまっても、緩みかけた涙腺はどうすることもできなくて、うつむいたまま手で顔を隠して涙が収まるのを待った。

なんか、ほんと。弱ってたんだなあ。

涙が出たことで気がついた。失恋やら泥酔キス事件やらいろいろありすぎて、気が張りつめていた。だからといって、それをミスの言い訳にはできないけれど。

いつまでも部長を待たせるわけにはいかないと、ずずっと鼻を啜《すす》って、そろそろと視線を上げる。

「部長、あの……」

『すみませんでした』と繋げようとして言葉が出なかった。

じっと私を見つめる部長の瞳が、あまりに優しいことに気がついたからだ。ぴたりと視線が合ったまま、私はなぜか目が離せなかった。

「あ……あの。部長？」

「ん？」

なんでそんなに見るんですか？

言葉が続かなくても問いたいことはわかるだろうに、部長は何も言わない。ただじっと、まるで私の心の中まで覗いてしまいそうな、不躾《ぶしつけ》とも思える視線を向けてくる。

それなのに、嫌だとは少しも感じなかった。ただただ、息苦しくて、恥ずかしい。嫌じゃないけど、逃げたい。でも目を逸らせない。

「あの、そろそろ……」

『帰りませんか？』と気を逸らして逃げようとした。

それを遮るように、さっき私の頭を撫でた大きな手が再び私に向かって伸びてくる。

まっすぐ私の顔に触れそうで、驚いて目をぎゅっと強くつぶった。

けれど……数秒が経過する。

いつまでも触れる気配がなく、首を傾げた。

「……大丈夫か？」

ただ、気遣わしげな声だけが届く。

恐る恐る目を開けると、さっき私に近づいた手は、何事もなかったかのように軽く握られ、部長の腰の辺りにあった。

ただ、視線だけが熱い。

「西原？」

「あっ、だ、大丈夫です！　はい！」

『大丈夫』って何が？

なんのことを聞かれているのかわからないまま、咄嗟に返事をしてしまった。

〝何が〟かはわからないけど大丈夫です、部長。ただ、これ以上見つめられると……大丈夫じゃなくなります。溶けて、ほんとに溶けてしまいそうです。

逃げるように一歩後ろに下がると、キィと椅子が押されてデスクに行き当たった。

もう限界です、部長。許してください！

この空気に音を上げそうになった時。

きゅるるるる、と声の代わりに私のお腹が鳴った。

音がやめば、あとは微妙な空気が残るのみ。お腹の音って、すごいと思う。さっきまでの、あのオフィスらしからぬ空気を綺麗に吹き飛ばしてしまえるんだから。

「あの、部長」

彼は表情を変えず平然としたままだったので、今のはもしかして聞こえていなかったのかなと、ちょっと期待してしまったのだけど、あんなに響いた音が耳に入らないわけはない。

彼は突如、拳《こぶし》で口元を隠して噴き出した。

「……ぶふっ」

そしてそれ以降、こらえるように肩を震わせている様子が、余計に私の羞恥心を煽《あお》った。

「我慢《がまん》するくらいなら、いっそ笑ってくださいよ、部長」

さっきまでの熱い視線はどこへやら。部長は最初はかろうじて無表情を装っていたけれど、それはすぐに崩れた。今は顔を横に逸らして、くっくっと肩を揺らして笑っている。

私は、いい仕事をしたのか邪魔をしてくれたのかわからない自分のお腹をさすりながら、唇を尖らせて拗ねた。顔の熱は、まだ収まらないけれど。

「仕方ないじゃないですか。お昼から何も食べてないんですもん」

「ああ、そうだな。食って帰るか」

「えっ？」

「ほら早く。コート取ってこい」

ぽんと腕を叩かれて、帰り支度を促される。

えっ……えっ⁉　ほんとに、ご飯⁉

「いいんですか⁉　あ、でも部長、接待で食べたんじゃ……」

「食べた気がしないから、ちょうどもう一軒行こうかと思っていた」

私に気を遣ってくれたのだろうか。わからないけれど「ほら早く」と腕を組み直して待つ部長に、「はい、ただ今！」と大急ぎで荷物をまとめ、ロッカーまでコートを取りに戻った。

憧れの部長とふたりでご飯！　グッジョブ、私の腹の虫！

部屋に染みつく過去の名残

結論から言うと、あれから部長の雰囲気が再び甘くなることはなかった。

ふたりで会社近くの和風居酒屋で簡単に食事しながら、職場での当たり障りのない話をしている。

ただ、いつもよりも少し砕けた感じで会話できていることが嬉しい。

おちょこを片手に持つ姿も、すごく様になる……と、つい見とれてしまっていた。

「西原は仕事が丁寧だし、信頼できる。だけど、打たれ弱い」

「そう、ですか？」

私は一瞬首を傾げた。自分をそんな風に感じたことはなかったからだ。だけど、続いた部長の言葉に考えさせられるものはあった。

「周囲からの打撃に、というより自分自身の失敗に、だな。真面目にやってきたからこそだろうが、自分がミスすることに慣れていない」

確かに、そうかもしれない。失敗はしないに越したことはないし、しちゃいけないものだと思ってやってきたけれど。

「ミスするのも、経験のうちってことですか?」

「まあ、そうだな」

「ぼけっとしたうえでの、くだらないものでも?」

「『くだらないことをした』っていう経験値に繋がることで、得られる度胸もある。もう少し素直に、周囲に頼れるくらいには」

漠然としたイメージではあるけれど、部長が言いたいことはなんとなくわかった。

なんせ今回、『明日までに間に合わないかもしれない』と思った時の、私の動揺ぶりは、半端じゃなかった。そこで誰かに正直に話して、手伝ってもらうという選択肢を選べなかったのも、本当にミスに繋がった時の怖さを知らないからかもしれない。

考え込む私に、部長はふっと笑って言った。

「くそ真面目」

「えっ、だって真面目な話じゃないですか!」

「怒ってるわけじゃないんだよ。失敗は誰にでも起こり得るものだし、起きたとしても助け合える環境にいるってことだよ」

『片意地を張らなくていい』と言ってくれたのだと気がついて、嬉しいやら情けないやら。そしてどうしてか、胸がきゅんと苦しくなった。

食事を終えて店を出たあとは、家の方向が同じだということで、一緒にタクシーに乗り、帰宅する。

互いに住所を言い合ってあまりの近さに驚いた。ひと駅分の距離、車なら、おそらく五分ほどしかかからないいんじゃないだろうか。そんな近いところに部長が住んでいるだなんて、全く知らなかった。

先に私のマンションに寄ってくれて、タクシーを降りると窓越しに頭を下げる。

「ありがとうございました」

返事の代わりに彼が小さく片手を上げた直後、タクシーは走りだしてしまった。

赤いテールランプを見送りながら、改めてこの数時間のことを思い出し、ほうっとため息が出た。

憧れの部長と、まさか食事ができるなんて思わなかった。しかも、仕事に関わる話題ではあるけれども、普段はあまり話さない個人的なことまで話せた気がする。

失敗が招いた幸運ではあったけど、嬉しかった。『明日からまた頑張ろう』と改めて心に誓ったところで、結局聞けずじまいだったことをひとつ、思い出した。

今日の仕事を終えた直後、部長が『大丈夫か？』と聞いた意味がなんだったのか、とても気になっていたのに、食事に雪崩《なだ》れ込んでそのまま聞きそびれてしまったのだ。

失態にうろたえる私にかけられたとも考えられるけど、少し雰囲気が違った。それに、見つめられた時の視線の熱さも……あの時間はなんだったのか、と考え始めるとドキドキして仕方がないけれど、これは聞きようがない。

『あの時、なんであんなに熱く見つめてきたんですか？』なんて聞けるわけがない。


翌日。

今朝、出勤して顔を合わせても、部長はいつも通りだった。

そうなると、結局私の自意識過剰だったのだろうか、とも思えてしまい、なお一層気になるのだが、昨夜の反省もあり、今日は雑念を追い払って仕事に没頭している。

今は資料室で、必要な資料集めを東屋くんに手伝ってもらっている最中だ。去年のファイルが並んだ棚から、目的の資料を見つけては彼に手渡す。

彼は、昨日私が部長と食事に行ったのを知り、わかりやすいくらい盛大に拗ねた。

「ひどい。ひどいじゃないですか、さよさん」

「何がよ」

なんでバレたかっていうと、出社してすぐに部長に昨夜のお礼を言ったら、真後ろに東屋くんがいた、というわけだ。

なんか、東屋くんって気がつけば後ろにいることが多くて、ちょっと……。いや、気持ち悪い、とまでは思わないけども。うん、ちょっと面倒臭い。

「昨日、俺が誘ったら、嫌だって言ったくせに」

「仕方ないでしょ。残業で遅くなって、接待から戻ってきた部長と一緒になったから……上司としては食事でもって社交辞令だろうし、部下としては断れないし」

私の腹の虫を聞いて無視できなかっただけだろうし、たとえ社交辞令でも藤堂部長のお誘いなら断るなんてあり得ない。

「部長はなんで、接待からわざわざ会社に戻ったんですか。普通、そのまま帰るよ」

「……それは、知らないけど」

言われてみれば、確かにそうだ。

もしかして、珍しく残業している私が気になって戻ってきてくれた……とか？　いやいやそんな。そんな、わざわざ。

「……さよさん、口元緩んでますよ」

「そんなことないわよ」

指摘されて、慌ててきゅっと唇の端に力を入れ直す。

東屋くんは相変わらず仏頂面だ。

「いつまでも拗ねないでよ。別に東屋くんが嫌だってわけじゃなくて、昨日はたまたまでしょ。はい、これで全部！」

最後のファイル二冊を、彼が持つファイルの上にどんっと重ねた。

「じゃあ、今日は俺とご飯」

「そんなにしょっちゅう、リフレッシュって必要？」

「必要なの、俺には」

嫌だと言わなかったから、彼は〝了承〟と受け取ったらしい。やっと、いつもの人懐こい笑顔が戻った。


昨夜の涙の残業と、その後の部長の優しいお言葉のおかげで、今日の私はきちんと頭の切り替えができていた。

腕時計の主のことは今考えても仕方がないことだし、仕事中はちゃんと忘れよう。

そんなわけで、あとひとつ、すっかり忘れてしまっていた出来事があった。

午後三時まであと数分。

仕事の手を休めて、軽く腕を回して肩の凝りをほぐし、いつも通りコーヒーを淹れに向かった給湯室で、嫌でも思い出すことになった。

香りに浸りながらカップを並べて、ひとりひとりに合わせてミルクや砂糖を入れていく。

その時、ふと後ろに気配を感じて、また東屋くんだろうと勝手に思った。

「あ、東屋くんもいる？　コーヒー」

振り向かないまま問いかけて、棚に並んだ彼のカップを取ろうとした。

「俺にも淹れて」

その声に、ぴた、と手が止まる。

そうだ、東屋くんのはずはなかった……彼は今、外出していた気がする。

『懐かしい』と言えば語弊があるだろうか。

同じ部署だ。会社ではその姿も声も全く久しぶりではないのだけど、その声が私に業務ではない内容で向けられたのは、別れ話以降、初めてじゃないだろうか。

彼が私に仕事を頼むことはほぼなくなっていたし、私のほうから絡むことも当然なかったので、まともに話すのは本当に久しぶりだった。

目を閉じ、深呼吸をひとつ。東屋くんのカップはもう必要ないから、手の方向を変えて園田のカップを手に取った。

「久しぶりだな、話すの」

声は至って平然と話しかけてくる。私は顔も見たくなくてほとんど視線を向けられずにいたが、一瞬だけちらりと視界に入れた園田の口元は笑っていた。

『なんのつもりだろう』と、胸が苦しくなるほどの不快感を覚えた。

「そうでした？」

意外にさらりと声が出たことに、ほっとする。

あまりに理不尽な別れ話にも、その後私とのことなど何もなかったかのように振舞われていることにも、腹が立つし悔しいし、行き場のない感情は常にある。

だけど、怒ることも泣くことも、園田の前では絶対にしたくない。悔しいという表情さえ、見せたくなかった。

園田は一体、何を考えているんだろう。まさか今さら同僚として仲良くしてほしいのだろうか。昨日のメッセージも誤送信ではなく、同僚として新婚旅行の土産を渡したいということだろうか。

もしそうなら、普通の人間の神経とは思えない。

天然か？　園田は、天然の鬼畜なのだろうか。

コーヒーを淹れる作業に集中するフリをして、顔を上げずにいた。サーバーを手に取って、まずは園田のカップに注ぐ。

「どうぞ」

そう言って彼のカップを脇に置き、ほかのカップにもコーヒーを注いでいく。

すぐにいなくなればいいものを、なぜか立ち去る様子がない。

「東屋と最近、仲がいいんだって？」

それどころか、突然切り出された話題に眉をひそめた。このうえ、世間話をしようとでもいうのか、無神経さにますますイライラが募っていく。

神経の配線ミスかしら。神様、ここに失敗作がございますよ！　回収しなくていいんですかー⁉

「そうでもないけど。まぁ私、彼の指導役だったし」

彼を全く見ることなく、淡々と答える。本来なら、このままコーヒーも何もかも放り出して、無視してここから立ち去りたいところだ。

『早く出ていけばいいのに』という脳内の悪態はさておき、引っかかったことがあった。なんでそんなことを聞くんだろう？

そんな風に誰かに囁《ささや》かれるほど、私は東屋くんと仲良くしすぎただろうか。ただ、彼がいつの間にか後ろにいるだけなんだけど。

「口説《くど》かれてんの？」

「は？　違いますよ。普通に懐かれてるだけです」

「へー……案外、ヘタレだな」

「何よ、何が言いたいの？」

　イラッとして、つい敬語が抜けた。気が散って、コーヒーをこぼしそうになってはサーバーを慌てて持ち直すことを、何度も繰り返してしまっている。さっきから、園田がなんのために私と話しているのかさっぱりわからない。

　園田が、東屋くんを意識しているのは知っている。だけど、今の園田のセリフは、何かそれだけじゃない、バカにしたような口調だった。

　どうにか、彼を貶《おとし》める何かを探したいの？　そんなに小さい男だったか、園田。

　これ以上、幻滅させるのはやめてほしい。過去の自分が、本当に不憫《ふびん》になってくる。これでも、付き合ってた時はほんとに好きだったんだけど……。

「傷心のお前につけ込もうと必死だろ、あいつ」

「……は？」

　いい加減イライラもマックスだが、園田のセリフに眉をひそめた。

「傷心って……誰が？」

「だから、お前が」

「なんで？」

「俺が結婚したから」

その自信に溢《あふ》れた表情に嫌気も差したが、それ以上に無視できない疑問と嫌な予感が湧いて出た。

「……東屋くん、私たちのこと知ってるの？」

「なんだ、お前じゃないのか」

コーヒーのサーバーを横に置いて、ようやくまともに園田を見上げる。

彼は何が意外だったのか、瞠目して言葉を続けた。

「あいつ、俺に食ってかかってきたからさ、『お前と付き合ってたんじゃなかったのか』って。てっきり、お前が話したのかと思った」

なんで⁉　どこかで園田と一緒にいるところを見られたとか？　それとも……。

「それ、いつの話？」

「結構前だぞ、上司に結婚の報告して招待状出し始めた頃だったかな。……ほんとにお前じゃないんだ？」

「私が言うわけないでしょ！」

まさか、泥酔キス事件の時に愚痴でもこぼして、その相手が実は東屋くんだった……という考えが頭を掠《かす》めたが、どうやらそうではないらしい。最悪だ、付き合ってた当初こそ、誰かに言いたい気持ちを抑えていたものだったが、今となっては知られたくなんかない。

それを、誰が好き好んで。

「だよな……お前が言いふらすわけないよな」

言えるわけがない。

そんな私の言葉を、園田は自分のためだと勘違いしたのだろうか。彼が不意に腰を屈《かが》めて、耳元で囁いた。

「悪かった、さよ」

付き合っていた頃、彼が私のご機嫌を取ろうとする時みたいな、甘い声で。

久しぶりに耳元で名前を呼ばれ、ぞく、と背筋が震えた。好きだった時には確かに心地よかったその感覚を身体はしっかり覚えていて、頭は正反対に拒絶する。

咄嗟に手を振り上げて、彼の顔を遠ざけた。

「やめてよ、もう。そういうの」

「なんで？　昨日も連絡したのに」

「旅行のお土産なら、もうもらった！」

ひと箱分のお菓子を、フロアの人数で分けてもらった！　私は忌々《いまいま》しくて、望美にあげちゃったけど！

話にならない。東屋くんのことは今晩本人に聞くことにして、今は一秒でも早くこの人から離れたい。

コーヒーを載せたトレーを手に取ろうとすると、その手首を園田につかまれた。

驚いて見上げれば、園田がいやらしくなぜか得意げに笑っていた。

「んなの、口実に決まってるだろ」

「ちょっと！」

つかまれた手首をほどこうとあがくと、それは簡単にほどけた。

ここで大きな声でも出せば、困るのは園田だ、それはわかっているんだろう。だけど引き下がる気配はなくて、『いい加減にしてくれ』と声を荒らげようとした時。

コンコンと、ドアをノックする音がした。

「何をしてる？」

ふたり同時に、出入口のほうを向く。

そこに、見ているこちらが凍りつきそうなほど、冷ややかな表情の藤堂部長がいた。

「部長……」

『変なところを見られた』『もしかしたら話を聞かれたかもしれない』という気まずさはあったが、それよりも安堵のほうが大きい。

ほっと力が抜けて、こっそり流し台に腰を預ける。

園田は一歩下がり、私から距離を置いて肩をすくめ、飄々《ひょうひょう》と言ってのけた。

「西原さんに、俺の分のコーヒーを淹れてもらってただけですよ」

部長は園田を一瞥《いちべつ》し、まっすぐに私に歩み寄ってくる。

「西原、コーヒーはまだか？」

「あ……はい！　今入りました。遅くなってすみません」

「いや」

別に、部長に頼まれたわけではない。

私が自主的に淹れているだけだし、部長が催促に来たことなど一度もないのに、さりげなく助けに入るためにそう言ってくれたのだ。

園田もバツが悪そうに、慌てて自分のカップを取った。

「じゃあ、俺の分もありがとな」

何事もなかったかのようにコソコソと去ろうとする彼を、部長が呼び止めた。

「園田」

「なんです？」

「奥さん、里帰り出産だって？　今ひとりで大変だろう」

部長は先ほどまでの無表情から一転して、にこやかに笑ってみせる。でも、目は笑っていない。

私のほうをちらりとも見ない園田は頬を引きつらせながらも、部長に笑って答えた。

「まだ臨月じゃないんですけどね、実家が遠方なんで早めに」

「出産報告、楽しみにしてるよ」

黙って話を聞いていて、最初は『そうか、出産か』とその程度に思っていたが、じわじわと腹の底から怒りが湧いてくる。

奥さんが里帰りの途端に、コレってこと⁉　もしかして、その合間にうまいこと遊んでやろうって、そういう魂胆⁉　私なら、まだ傷心中だから流されるだろうって、そういうこと⁉

園田が今度こそ、この場を離れようとする。

部長の声が再び園田を引き止めて、念押しをした。

「新婚早々、ハメを外すなよ、園田」

「なんすか、それ」

冗談を聞き流すかのように、笑ってごまかそうとするが。

今まさに、思いっきり外してたよね⁉　ハメ外してたよね⁉

逃げていく園田の背中を睨みながら、コーヒーを頭からぶっかけてやればよかったと後悔した。

「西原」

「は、はい！　すみません、コーヒーごときに時間かかっちゃって」

なんかもう、昨日に引き続き、申し訳なさすぎて汗が出てくる。

ぺこりと頭を下げると、部長は優しい声で、また昨日と同じ言葉を発した。

「大丈夫か？」

「はいっ、大丈夫です！」

部長とこういう雰囲気になると、ひどく焦って何が大丈夫なのかも曖昧なまま、無難な言葉で返事をしてしまうけど、私のほうこそ尋ねたい。

大丈夫、ですけど。何かとそうやって心配してくれる意味を知りたい。園田に迫られて困っているように見えたから、助けてくれただけだろうか。話はどこから聞いていたのだろう？

「なら、いい。コーヒーもらっていくぞ」

自分のカップを取って戻ろうとする、彼の背中を呼び止める。

「あの。部長」

「ん？」

「その……話、聞いてましたか？」

「いや、今来たとこだ」

たまたま通りかかったら揉《も》めていた、ということなのだろうか。部長が給湯室に近づくことなんて今まであまりなかったから、違和感があったのだけれど、それよりも気にかかることがある。

どうしよう……部長に、園田との関係を知られていたら嫌だ。『大丈夫か？』以外の質問がないのはなんでだろう。こんなところで、結婚したばかりの園田に迫られていて、変に思われなかっただろうか。

そうは思っても、それを確かめる言葉も思いつかないまま、彼の背中はあっさりと離れていった。

その後、何事もなく終業時刻を迎えた。

東屋くんとの待ち合わせ場所は、駅近くの時計台前が暗黙の了解になっている。場所は指定しなくても、時間さえ決まればそこに集合。

「いて！　いだだだだ、何すんですか、さよさん！」

「いや……なんか説教っぽくしたほうが、いいような気がして」

『ちょっと屈んで』と言うと、不思議そうにしながらもほいほいと腰を屈める東屋くんの両耳に手を伸ばし、引っ張った。

痛い痛いと顔をしかめる東屋くんの耳を、私はいまだに両手でつかんだまま。

東屋くんのことだから、何か気を遣って黙っていたのだと思うけど。

「私と園田のこと、なんで知ってるの？」

東屋くんは少し瞠目し、それから眉をひそめて目線を逸らした。

「な、何かあったんですか？　今日」

「久しぶりに園田と話しただけ。別に大したことはなかったわよ、部長が途中で来てくれたし」

ぴく、と東屋くんの眉毛が引きつる。

「やっぱ何かあったんじゃないすか。しかも、よりによって部長が助けに入るなんて」

「何よ。『よりによって』って」

「だって、さよさん、部長を尊敬してるから」

「してるわよ、当たり前。部長はたまたま通りかかっただけだし、それより質問に答えなさいよ」

追及すると、彼はぐっと言葉に詰まった。何かよほど言いづらいシーンでも見られたのかと、私の眉根も寄ってしまう。

けれど東屋くんはふざけて、まともに答えてくれない。

「……見てたらわかりますよ。俺、さよさんのことずっと見てたし」

「あ、東屋くん……」

そんなに前から私のこと、見てくれてたの？　……なんて、言うと思ったか！

ぎゅ！っと手の中の耳をもう一度、強く握った。

「いだだだだだ！」

「私を見てるだけで、園田に食ってかかるほど確信持つわけないでしょうが。少女マンガじゃあるまいし！　具体的に何を見たのか、って聞いてんの！」

「すみません、見ました。ふたりで寄り添って歩いてるとこ、見ちゃったんで！」

素直に吐いた東屋くんの耳を、ようやく解放する。

彼は涙目になりながら痛そうに両耳をさすり、それからまたちょっと目を逸らした。

「さよさんがすっげぇ嬉しそうな顔だったんで。……その、場所も場所だったし」

「……どこ？」

「……ホテルの前。しかもちょうど出てきたとこ」

……まさか、そんな生々しいところを見られていたとは。

両手で顔を覆って隠し、うつむいた。自分で聞き出しておきながらなんだけど、穴があったら入りたい。

デレッデレした様子で並んでたんだろうか……自覚あるわ……恥ずかしい。だってあの頃は幸せだったんだもの。

その絶頂から突き落とされた女、そういう目で東屋くんに見られていたのか。

「ちょっ……さよさん、泣かないでくださいよ」

東屋くんは勘違いしたのか、うろたえた声が聞こえてきた。

誰が泣くか。恥ずかしくて涙が出そうではあるけども！

「泣いてないわよ」

「ほら、言ったじゃないですか。俺、なんでも聞きますって！　愚痴でも憂さ晴らしでも、いくらでも付き合いますって」

東屋くんは、相変わらず焦って私を励まそうとする。そういえば、このところやけに懐いてくるなと思っていたけれど、どうやらずいぶん気を遣われていたようだ。

何がリフレッシュだ。生意気。

「ふ」

「え。あれ？　泣いてない」

恥ずかしいし情けないけども、目の前でおろおろしている彼のほうがよっぽど情けない顔をしていたので、つい笑ってしまった。

「だから泣かないって。でも、言ったからには、憂さ晴らしに付き合ってよ」

「付き合いますよ、どこまでも」

「いや、居酒屋一軒だけでいいから」

「予防線張るの、早！」

知られてしまったなら、今さらどう取り繕っても仕方ない。今日の園田には、心底呆れたし腸《はらわた》煮えくり返ったし、思う存分、吐き出させてもらおう。

頭に浮かぶ個室のある居酒屋まで、一直線に歩く。後ろをすたすたとついてくる足音は、ほんの少し私の気を楽にしてくれた。園田のことを誰かに話せるのは、これが初めてだったから。


その居酒屋は、ほとんどの席が建具できっちりと仕切られている。多少の話し声は聞こえても、よほどの大声でない限り、話の内容までは聞こえない。

　だから気兼ねなく話せるし足も崩せるし、望美と飲みに行く時のお気に入りだ。ここなら、万が一会社の誰かと居合わせても、話を聞かれる心配はない。

「考えてみればさあ、考えてみればよ」

「はいはい」

「私、園田の部屋って、ほとんど行ったことがないのよね。散らかってるからとか、私の部屋のほうが落ち着くからとか、いろいろ言われて……」

　真正面に座った東屋くんの手には、特大サイズのピッチャーがあり、彼は私のグラスに注ぎ終えると、自分のグラスのほうにもそれを傾けた。

「その時点で怪しまない、私のバカ！」

「さよさんが素直なんですよ」

「東屋くんは、口がうまいね」

　吐き捨てるように言うと、私はゴッゴッゴッと音が鳴りそうなほどの勢いで、お酒を喉に流し込む。

「褒め言葉ですか？」

「……わかんない」

自分と無関係な人間に優しくおだてられる言葉なら、褒め言葉かもしれない。そこに端から責任なんてないのがわかっているから、言われたほうも言葉以上の期待はしないし、聞き流して忘れられる。

そう、例えばあの夜のバーテンダーのような。

「園田さんは、口うまかったんだ？」

「うまかったよー」

でも、通りすがりの人や飲み屋のバーテンダーのような行きずりの関係ではなく、私と園田は付き合ってたのだから、信じてよかったはずじゃないか。

あ、違うのか。付き合っていると思っていたのは、私だけだったのか。

「あー、むかつく」

『むかつく』という言葉は便利だけど、単純すぎてその単語だけでは、私の気持ちを表しきれない。腹立たしい、けど、寂しい。寂しいけど、戻ってきてほしいわけじゃない。

でも、もしも園田が結婚に後悔して、私のもとに戻りたがってきたら？

その時、私の気持ちは晴れるのだろうか。

もう二度と好きにはなれないし、だったら『幸せになってください』と願えればいいのだが、私はそれほど人間ができていない。

「あー、ブルームーンが飲みたくなった」

「ああ、カクテルですか。いいですね……けど、ここにはないな」

「あのバーのカクテル、美味しかった」

おだて上手のバーテンダーを思い出して、ふと気づいた。

あの店に行けば、あの日私が誰に出会ったか、どんな相手だったか聞けるんじゃないだろうか。

「バーですか？」

「園田の結婚式のー、帰りに寄ったー」

「ああ……」

私のグラスに、またビールが注ぎ足される。

「そこで酔っ払って、意識飛ばした？」

「そうそう。そんでー、腕時計の犯人、もしかしたら店員覚えてないかなあ」

そういえば望美と話していた時に、この話を東屋くんに聞かれてたんだった。

くい、とグラスを傾けて半分ほど飲む。少しビールの炭酸が苦しくなってきて、残りをチビチビと少しずつ飲むと、舌に苦味が残ってあまり美味しくない。

「無理じゃないですか？　お客なんてたくさんいるだろうし、日も経ってるし」

「そうかなあ。あ、でも、カクテル飲みたい」

「ってか、さよさん、結構酔い回ってない？　明日も仕事だよ。よしたほうがいいんじゃないですか？」

そう言いながらも、彼はピッチャーに残ったビールを私のグラスに足した。

たった一度来ただけの客。泥酔した挙句、うだうだと泣き言をこぼしていたタチの悪い私の顔ならともかく、それを連れて帰った男の顔なんて、確かに覚えていないかもしれない。

最後のビールを飲み干すと、確かに限界近くまで酔いが回っていた。

今回は、私が奢る番。会計を済ませてふたりで店を出ると、雪がふわふわと舞い始めており、ひんやりした空気が気持ちいい。

「あー、息が酒臭い！」

「さよさん、今日はちゃんと家まで送らせてよ」

「大丈夫だって」

「大丈夫じゃないよ、かなり酔ってるよ」

足元は少しおぼつかないけれど、意識はしっかりしてるし、問題ないんだけどな。

というか、今日は帰りたくない。

あのバー、やっぱり行っちゃダメかなあ。でも、カクテルはもう飲めないな、明日に響く。

あの日、園田の結婚式の夜もそうだった。帰ってあの部屋でひとりになるのが嫌で、バーに寄ったのだ。あの時の気持ちに心が同調して、つい口走ってしまった。

「帰りたくない」

「え？」

戸惑い全開の東屋くんの声にはっと我に返り、酔いが少し醒める。

いやいや、別に困らせたいわけじゃなくて、ただ単純に帰りたくないんだよ。

ひと休みする場所はないかと、顔を上げて周囲を見回す。東屋くんも同じように辺りを眺めるが、私のほうが先に行き先を見つけた。

「え、と。じゃあ、どこか――」

「ネカフェ行くわ、帰るのしんどいし」

「はあ⁉」

ネットカフェの看板に向かってまっすぐ歩きだそうとしたが、何歩もいかないうちに東屋くんに腕を取られた。

「ちょ、ちょっと待て！」

「ちょっと、何」

そのまま引っ張られるように道の隅に連れていかれ、驚いて東屋くんを見上げる。

彼は頬を引きつらせながら、笑っていた。笑顔だけれど、なんだか黒い。黒いうえに、急に言葉遣いが変わった。

「……あんたさあ」

「はいっ」

妙に圧力を感じて、なぜか私のほうが敬語で返事をしてしまっている。

「それじゃあ、ってほったらかして帰れるわけないよね？」

唇は笑っていても、彼はわかりやすいくらいに怒っていた。暗い路地裏を背にした笑顔の迫力はすさまじい。ごごごご、と効果音すら聞こえてきそうである。

「俺の家にお持ち帰りされたいんですか？　それともラブホに連れ込まれたい？」

そう言って、彼がとある方角を指差した。

ネカフェの向こう、ずっと奥のほうにキラキラした可愛らしい看板が見える。

間違いなくラブホテルだ。かなり遠目だが、視力二・〇の私にはばっちり見える。

青ざめる私を、彼の言葉がさらに追いつめた。

「ラブホのほうが話が早いか。三つあるけど、どれがいい？」

知ってる！　あの看板辺りには、ホテルが三軒あるのを知ってる！

「お、おうちに帰ります！　すみませんが送っていただけますでしょうか！」

ラブホの看板より禍々《まがまが》しい輝きを放つ彼の笑顔に負けて、大人しく送られることになった。


それから、東屋くんのご機嫌は家に着くまでなんとまあ、悪かった。私の家の最寄り駅まで三十分、揺られていた電車の中でも駅からこうして歩いている今も、だ。おかげで私の酔いは綺麗に醒めたが、ふてくされた彼の顔は子供のようだった。

駅からはそれほど遠くない。

あまり人通りの多くない閑散とした道を、気まずいまま五分ほど歩き、ようやく家の前に着いた。

「あの。今日はありがとね」

努めて明るい声で礼を言った。明日からの仕事に響くのは嫌だし、そろそろ機嫌を直してもらえないかと、そう思ったからなのだけど。

「いーえ」と子供染みた対応が返ってくるのみだ。

さすがにこれは、大人げないだろう。そう思うと、これ以上ご機嫌を取るのもバカバカしくなった。

「じゃ！　また明日ね！」

軽くお辞儀《じぎ》をして、帰ってしまおうと踵《きびす》を返しかけたのだが。

「待ってよ」

一層、不機嫌な声で引き止められた。

「なんで、何も聞かないの？　さよさん」

「え……」

「わかってるから、何も聞かないんじゃないの？　俺がなんで園田さんに喧嘩《けんか》売ったか、とか」

東屋くんの言葉に、驚いて声が出なかった。固まったままでいると、また追い打ちをかけられる。

「こんな風につきまとってるのも、浮かれた園田さんがさよさんに近づかないようにするためだし。なんとも思っていない女をここまでかまったりしないよ、俺。ほんとは気づいているんでしょう？　なのに知らんぷりするの、やめてくれませんか」

彼の言葉を頭でかみ砕いて理解するほどに、妙な焦燥《しょうそう》感に駆られる。そして確かに、自分があえて考えないようにしていたことに気がついた。彼の言動の意味を考えると、ひしひしと感じる好意に、確信を持ってしまいそうだったから。

今はまだ、自分の中の感情を整理するのに精一杯で、その好意を『後輩だから』『弟みたいなものだから』という枠に収めてしまうほうが気が楽だった。

「えっと……」

何か言わなければいけないと思うのに、言葉が見つからない。

そわそわとせわしなく視線を動かす私に、彼はまたむっと表情を歪めた。

「さよさんの中で、俺ってほんとに弟みたいな後輩でしかないんだ」

「……ごめん」

観念して出た言葉は、きっと東屋くんの気持ちをなおさら逆撫でする。わかっていても、今の私にはそれしか言えないと、ため息を落としてうつむいた。

「ほんとに、ごめん。そんな風に意識したこと、なかったし」

「じゃあ、これからして」

「え？　いや、そんな急に言われても」

私から見て、どうしたって弟みたいなもんで。どれだけ大きくなっても子供だなあって、弟を見ていて覚える感覚を、東屋くんにも抱いてしまう。

「無理だよ」と頭を振って、うつむけていた顔を上げた。

同時に彼が、一歩二歩と距離を縮める。気圧《けお》されて一歩下がると、マンション前の縁石に踵《かかと》が当たる。距離が近づいたまま私を見下ろす東屋くんの表情が、少し緩んだ。

……あ。マズい。

向こうにペースをつかまれる、と瞬時に悟る。

「大体さあ、『帰りたくない』って、女の常套《じょうとう》手段だよな」

「え、違う。あれはほんとに帰りたくなくて、自分の部屋に」

「へー」

「別に東屋くんと一緒に、という意味じゃ」

言えば言うほど、地雷を踏む私。東屋くんの笑顔に真っ黒い影が差し、また一歩距離が近くなる。

だって、『ほんとは一緒にいたかったの』なんて言えないでしょうが。

「まー……さよさんにそんなつもりがないのは、わかってたけどね」

「そ、そう？　よかっ――」

「そんなつもりがないのが、問題だよね」

急に伸びてきた手に、首の後ろを捕らえられた。咄嗟に一歩下がろうとしたら、後ろが縁石だったことを忘れていて。

「わ」

足がつっかえてバランスを崩し、慌てて彼の腕をつかんでしまった。彼のもう片方の手が、私の腰を支える。

まるで抱きしめられているような近さに、驚いて顔を上げた。

「慌てるさよさんも、可愛いね」

空を仰《あお》ぐような姿勢で、がっしりとした手に腰を支えられている。距離を取ろうと両手で彼の身体を押し返しても、びくともしない。

力の差があるのだと、感覚で教えられる。

「ちょっ」

眩暈がしそう。冬の夜の空気は冷たいのに、顔の熱はおかまいなしに上がる。年下のくせに、といつもなら突っぱねられたのに、その年下に今は気圧されている。

首の後ろを支える手の指が、髪の中をもぐって優しく地肌をかく。

反応してしまい、ぴく、と肩が跳ねた。

「東屋くん、やめてっ……」

身がまえて、身体が一層固くなる。

『嫌だ。そんな風に甘やかしてもらうような関係じゃない』と脳内では必死で抗っているのに、優しく私の頭を撫で続ける東屋くんの指が、抵抗する力を削《そ》いでいくようだった。

だけど、素直に弱い自分を見せるなんて簡単にできるはずもない。

「なんで、自分の部屋に帰りたくないんですか？」

「……別に」

「まだ園田が忘れられないとか」

「違うわよ！」

かっと頭に血がのぼって睨み上げても、東屋くんの笑顔は変わらない。少し首を傾げたところが絶妙に生意気だった。

「でも寂しい理由なんて、それくらいしか思い浮かばない」

「あのねえ、そんな簡単なものじゃないでしょ」

中身はまだ子供か、と言いたくなるその単純思考。

失恋したからって、そんなすぐに全部が過去になるわけじゃない。園田を好きだなんて気持ちはもう全く残ってないけれど、過去の私は確かに彼を好きだったのだ。

「じゃあ、教えてよ。その複雑な何かをさ」

「……いまだに好きなわけじゃないわよ。でも思い出はある。部屋のあちこちに染みついてんの。園田を好きだった頃の自分が、部屋の至るところにいる」

あの部屋で何度も会ったたし、夜を過ごした。食事も作ったたし、必ず美味しいと褒めてくれるマメなところがあった。食卓にもキッチンにも、テレビの前のクッションフロアにも、いろんなところに彼を好きだった私がいて、寂しい夜に限って姿を現す。

記憶を飛ばしたあの夜も、だから帰りたくなかった。

「東屋くんにどこかで見られてたって知った時に、気づいたんだよね。部屋のあちこちには溢れるくらいにたくさんの思い出があるのに、『外で会った時っていつだろう』と思うと、全部思い出せちゃうの。両手で事足りる。結構、長く付き合ってたんだけどなあ」

まあ、その少ない確率を東屋くんに見られたわけだけど。私は、最初から浮気相手に過ぎなかったんだなあと思うと、部屋のあちこちに染みついた〝私〟がものすごく、哀れに思えて仕方がない。

「あの頃の私に言えるもんなら、大声で言ってやりたい。『そいつは、ふた股男だぞー』って」

「ははっ」

「そしたら絶対、すぐさまこっちから別れてやるのに。それができないのがやるせないやら悔しいやらで、身の置きどころがないの」

ぎゅっと眉根を寄せる。

そこに、ふっと吐息がかかったと思ったら、柔らかい唇が眉間に触れた。

「ちょ、何して……」

びっくりして額に手をやり、彼を見上げる。

「さよさん、やっぱり可愛い」

「は？」

「踏ん張って立ってますー、って感じ。そういうとこが、すげー好き」

くしゃっと崩した笑い方は、少し子供っぽい。

なのに、強引に詰められている距離に、否応なく男性なのだと意識させられた。好意は以前から感じていたけれど、改めて言葉で、声で耳にしてしまうと、もう逃げ場はないのだと追いつめられる。

「な、何言って……」

額を隠す手の指先に、彼の吐息と柔らかい唇が触れる。彼が話すたびにくすぐられるようで、だけど手をどけてしまったら、また額ががら空《あ》きになる。

顔を上げると、間近で東屋くんの視線に捕まりそうで、彼の喉元《のど》ばかりを見ていた。

「さよさんが追いつめられてんのって、ただの記憶だよ。そんなの思い出でもなんでもない。記憶なんかより、今そばにいる人間にちょっとは目を向けてみたら」

腰に絡んだ腕にぐっと力がこもり、より強く引き寄せられる。背が反《そ》り返り、不安定になって私は額を隠しているどころじゃなくて、その手で彼のスーツにしがみついてしまう。

上向いた私の目の前に、東屋くんの顔がすぐ間近に飛び込んできた。

前髪が額をくすぐる。

『え……』と気づいた時には、唇が触れ合った。

「んっ！」

彼の顔を押しのけようとした片手が、指を絡めるようにして捕らえられ、強く引き結んだ唇を温かく柔らかいものが撫でた。

「や、んっ……」

否定の声をあげようとしてほんのわずかに開いた隙間から、舌が強引に入り込もうとする。お酒の臭いがした。でも酔っていない、彼も私も。

頭に浮かんだのは、なぜかあの夜のキスだった。

相手もわからないままの、だけど記憶に残って忘れられないあのキスが、このままでは消されてしまうような気がして、咄嗟にもう片方の手が強く拳を握る。

「やだっ！」

その拳で、彼の横っ面を叩いてしまった。衝撃で逸れた唇に、ぴりりとした痛みが走る。

「ってぇ」

ようやく離れた彼が殴《なぐ》られた片頬を押さえ、眉をひそめた。

「ご、ごめんっ……」

いくらなんでも、グーで殴ることはなかったかもしれない、と少し後悔した。だけどそれ以上に、〝怖い〟と〝恥ずかしい〟が同じくらいの比率で私の中を占めていた。顔も身体も熱い。痛いくらいに、心臓が跳ねて苦しい。

伏せられていた彼の目が、再び私を見るその瞬間、弾かれたように走りだし、つまずきながらマンションの中に逃げ込んだ。小さなエントランスを抜け、階段を二階まで駆け上がると、自分の部屋がある一番奥まで通路を突っ切る。追ってくる足音を確かめる余裕もなかった。

部屋の前に着いてようやく後ろを気にしながら、鍵《かぎ》を探した。こんな時に限って、定位置の内ポケットに入っていなくて、焦ってがさがさとバッグの中をかき交ぜる。

ついさっきまで可愛い後輩だと思っていた彼が、今はもう男性としか思えない。そんな彼に、女として扱われた。それを、腹が立つとも嬉しいとも感じる余裕はない。

「あった」

指先に鍵が触れた感触があって、それだけでほっとした。

急いで玄関を開け、あんなに帰りたくないと思っていた自分のテリトリーの中に入った途端、足の力が抜けた。へなへなとその場に座り込みかけて、土間の冷たさに気づき、這《は》いずるようにどうにか靴を脱ぎ、部屋に上がる。

真っ暗だ。

『電気を点《つ》けなくちゃ』と思うのだが、まだ足に力が入らない。

「……キス、した」

キスしやがった、あのクソガキ。グーパンくらいは仕方ない。うん、仕方ない。

あえて悪態をついて自分を納得させようとしたけれど、身体も顔も熱い理由が怒りだけじゃないことはごまかせなかった。

だけど、怒りだと自分に言い聞かせたほうが、気が楽だ。だって、明日からどんな顔して仕事に行けばいいのかわからない。

まだ触れているような、変に敏感になった唇に手をやると、しっとりと濡《ぬ》れていた。

……消えちゃう、と思った。腕時計の彼とのキスの感触が。

「消えちゃうじゃん……バカ」

あの感触が手がかりになるなんて思ってはいないけど、私はやっぱりもう一度会いたいのだ。あのキスの相手に……。

『さよさんが追いつめられてんのって、ただの記憶だよ』

『今そばにいる人間にちょっとは目を向けてみたら』

東屋くんの言葉が、頭をよぎって胸をちくりと刺した。過去の幻影と同じように、相手もわからないままでは、あのキスだってただの記憶に違いないんだ。

のろのろと立ち上がり、部屋の灯りを点けた。小物入れの引き出しから、例の腕時計を取り出し、手のひらに乗せた。

もう一度、ちゃんと探してみよう……だけど、どうして向こうから現れてくれないんだろう。

東屋くんとのことや、腕時計のことが交互に頭を占めて、その夜は部屋に染みつく思い出に悩まされることはなかったけれど、おかげでほとんど眠れもしなかった。

翌日、いつもの人懐こい顔で「さよさぁん」と奴がすり寄ってきた時には、睡眠不足ということもあり、イラついて。

「近寄るな、この犯罪者」

そう一刀両断したのは、言うまでもない。

容疑者を挙げろ

夕べはろくに眠れないまま朝が来てしまい、寝不足で頭も目も痛い。目の下のクマはメイクでなんとか隠したが、今日一日眠気と戦いながらの仕事になるのは決定的だった。

オフィスに着いて、挨拶《あいさつ》をしながら自分のデスクに向かう。

向かい側のデスクにも、すでに望美が出勤しており、仕事の準備をしていた。

「おはよ、望美」

「はよー、さよ。……と、東屋くん」

望美が首を傾げながら、私の背後を見る。

「は？ ……うわっ」

驚いて振り向くと、東屋くんが〝また〟いつの間にか後ろに立っていた。

じろっと彼を睨んで、私はぷいっと顔を背《そむ》ける。そして、徹底的に彼を無視して、仕事の準備を始める。

会社に着く前、駅からの道中でも一度彼に声をかけられた。近づくなと脅《おど》して逃げてきたところだったのに、まさかまだ後ろにいるとは思わなかった。

あんまり私が無視するものだから、あからさまにしょげた顔で立っている東屋くんが気の毒になったのだろう。望美が気を遣って東屋くんに声をかける。

「何かあったの？」

「昨日、調子に乗ってさよさんを怒らせちゃって……それで、さっきから少しも近寄らせてもらえなくて」

望美の目は、なぜか東屋くんに同情的だった。

「何やったのよ、東屋くん。まあ、さよは口と同時に、手が出るタイプかもしれないけど」

「いや、ほんとに俺が悪いんです。グーで殴られても仕方がないんで」

彼は私の後ろで、しょぼんと背中を丸めて小さくなる。

やけに殊勝《しゅしょう》な態度だと訝しむところだが、なぜか周囲がクスクスと微笑みながら、私と東屋くんを見ている。

「グーパン!?　さよ、あんたこんな綺麗な顔にグーパンしたの!?」

「かわいそー」

それまで黙っていたほかの女子たちも、「許してあげなよ」と笑いながら私を見る。

「ちょっ……だって。それは」

ちょっと、何この空気。私たちっていつの間に、そんな目で見られるようになってたの？　しかも話の流れでは、懐いてくる彼を私が邪険にしているようではないか。いや、でもあんな強引にキスされたら殴っても仕方ないでしょ。こっちの意思確認もなしにあんなことしたら、暴行でしょ！

そうは思っても『無理やりキスされました』なんて言うわけにもいかず、しょげる彼をほかの社員が苦笑いしながら慰めるのを見て、歯噛みする。

じっと睨んでいると、彼と目が合った。

途端に、彼の唇の端がにっと上がる。

その黒い微笑に確信した。

わざとかこのやろう！　周囲を味方につけるつもりだな⁉

『なんとかしてこいつを遠ざけねば』と、ムカムカしながら東屋くんを睨んでいて、部長が出勤してきたことに気づかなかった。どさっと大きな音がしたことで初めて把握し、慌てて会釈する。

「あ、おはようございます、部長」

「おはよう。ずいぶん賑やかだな」

ビジネスバッグをデスクの上に置いた音だったのだが、いくぶん、いつもより乱暴に聞こえた。

「くだらない話してないで、早く席に戻れ。朝礼を始めるぞ」

藤堂部長が、私とは離れた位置にある東屋くんの席を視線で示し、再び東屋くんを見る。その表情は、やけに鋭かった。

いつもより数段冷えた声に、さっきまでやんややんやと面白がっていた望美やほかの社員も、ぴたりと口を閉ざしてしまった。

当然だ。始業前とはいえ、仕事の準備もせず、全く関係ない話で朝っぱらから騒いでいたんだから。

「すみません、すぐに……」

そう言いながら、私は『ほら早く！』と東屋くんを促そうとした。

だけど、彼は私のほうなどちらりとも見ず、藤堂部長を睨み返すようにじっと見据《みす》えていて、ひやりと肝が冷える。

胃が重くなるような、ぴりぴりとした空気が漂っている。

「東屋くん、早く……」

空気の圧迫感に耐えられず、声をかける。

ようやく彼が私を見た、ちょうどその時だ。バタバタと足音がしてその緊張感を打ち破る。

「すみません、遅くなって！　事故で道路が混んでて！」

飛び込んできた高見課長に一斉に視線が集中し、驚いた課長は出入口で一度立ち止まった。

「え、何？　俺、そんなに大幅に遅刻してた？」

高見課長は不思議そうに皆に視線を返し、壁の時計を見る。

そしてへらっと笑ったことで、やっと空気が緩んだ。

「なんだ、間に合ってんじゃないすか！」

「一分前ギリギリな。渋滞は仕方ないが、もう少し余裕持って来いよ」

部長も一応注意はするものの、毒気を抜かれたのか苦笑いぎみだ。

高見課長からは、マイナスイオンでも出ているのだろうか。

さっきまでの緊迫した空気が嘘みたいに、いつもの穏やかな雰囲気に戻り、多分私だけでなく誰もがほっと息をついた。

あれほど不遜《ふそん》な態度で部長を見ていた東屋くんも、ようやく表情を和らげる。

同時に、ざわざわと声をかけ合いながら、フロア全体が仕事モードに切り替わっていき――。

「朝礼始めるぞ」

部長の声に、全員が起立した。

朝礼はいつも大体同じ流れで、部長のその日の予定と、そのほかの連絡事項を述べる程度でさらっと終わり、各自仕事を始める。

だけど今日は最後になぜか、私だけ部長に呼ばれた。

「西原、少し手伝え」

いくら高見課長のマイナスイオン効果のあととはいえ、今朝の部長の機嫌がいつもと少し違っているのは明白で、そのうえの名指しお呼び出し。

「……はい」

ちょっとびくびくしながらも、当然拒否するという選択肢はない。

「大丈夫？」

こそっと望美が声をかけてくれた。

そうしている間にも、部長はデスクを離れて廊下へ向かっており、私は「大丈夫」と望美に笑って頷いてから、慌ててあとを追いかけた。

着いた先は同じフロアの資料室で、部長自らが何かのファイルを探し始める。

「あの、部長。資料でしたら、言ってくだされば私ひとりで探しますけど」

「整理してほしい資料がある」

部長は言いながら、棚に並んだファイルを順に辿り、いくつか引っ張り出しては中央にある長机に積んでいく。

『だから、部長がわざわざ資料室に出向くほどの仕事じゃないのに』と、首を傾げた。

黙々と積まれていくファイルを見ていれば、各取引先の昨年から最新の資料だと気がつく。

「昨年からのを出せばいいですか？」

そう問いかけながら、部長が見ている棚と対面する側に向かう。背中合わせになるかたちで、背後からわずかにため息のような音が聞こえた。

「……頼む」

「はい」

やっぱり、何かあったのかな？

気になりながらも、呼び出しの理由がお叱りではないことに少しだけ安堵して、ファイルの背表紙を目で追っていると、部長がようやく詳細を離してくれた。

「今度、システム課の説明会がある」

「説明会、ですか？」

「現在の業務基幹システムの仕様変更がある。その件らしい。西原は営業補佐代表で一緒に出てくれ」

「わかりました……部長と一緒に、ってことですか？」

「そう。今集めているのは、書面でしか残っていないデータを選別して、新システムに記録するため」

「わ……大変そうですね」

システム課の説明会なんて絶対難しそうだし、その仕様変更とやらが実施されれば、最初のうちは混乱しそう。

「あ、もしかして、そのことでお疲れなんですか？」

「何が？」

「いえ、さっきため息が聞こえたので、つい……気のせいだったらすみません。でもお疲れか体調が悪いなら、ここは私ひとりでも大丈夫ですから」

『余計なお世話かな』と思いつつも、もし本当に具合が悪いなら、医務室に行ったほうがいいかもしれないし。疲れているなら、あとでコーヒーを淹れてこよう。それまで、部長はここで座って少しでも休めれば。

返事がなくて、やっぱり余計なお世話だったかなとヘコみつつ、目線は棚の最上段。そこに必要なファイルのひとつを見つけて、手を伸ばす。

最上段は、届かないわけではない。背伸びして指で背表紙の下を引っかけて、ちょっとずつ引っ張り出せばいいだけだ。

いつものようにそうしていたら、ふっと視界に影が差す。今まさに一センチ、背表紙が引っ張り出されていたところで大きな手が背後から伸びて、目的のファイルをいとも簡単につかんでしまった。

「あ」

「言えばいいだろう」

ファイルの行方を目で追えば、とんと後頭部が何かに当たる。何かも何も、ここは棚と棚の間で私と部長しかいなくて、振り向けば藤堂部長の怖いくらいに整った綺麗な顔が、思ったよりも間近にあった。

ドクンと大きくひとつ鼓動が跳ねる。部長の憂いを含んだ瞳が私をじっと見下ろしていて、あり得ない距離の近さに私は咄嗟にうつむいた。

「あ、ありがとうございます」

手を差し出すと、部長の手にあったファイルが渡される。受け取ってこの窮屈な空間から逃げ出そうと、身体を横に一歩滑らせた。だけど、ぽすん、と額が何かにぶつかりそれは敵わない。

見れば、部長の腕が目の前にあり、そこにぶつかってしまったのだと気づく。私の目の高さ辺りで部長の手が棚に置かれていた。

もう反対側から逃げようとして、そこも反対の腕で塞がれていると気づいた時、逃げ場をなくして背中が棚にぶつかる。

「あ、あの、あの、やっぱり、何か……」

こんな距離で部長の顔なんて見られるはずもなく、目線はネクタイばかり見ていた。混乱して、まともに言葉を発することもできない私に相反して、部長は語りかけてくる。その声音は、不機嫌を露わにした低いものだった。

「疲れてないいし、体調も悪くない」

「で、でもなんか、変じゃ」

「ああ……変かもしれないな」

言い終わらないうちに、片方の腕の柵《さく》が解除されたと思ったら、その手でくんっと顎《あご》を持ち上げられた。強制的に合わされてしまった目線に、体温が急上昇する。

おそらく茹《ゆ》でダコ状態であろう私の顔面に何かを見つけたのか、部長の目が細くなる。そして顎に触れていた彼の指が、今度は唇に近づいた。

「ここ、切れてる」

「え？　あ……」

昨日、東屋くんから逃げた時、摩擦で唇が切れていたのを思い出した。『知られたくない』と思えば思うほど、なおさら不自然に目を泳がせてしまう。

「さっき東屋たちと騒いでいたけど、何かあったのか？」

うまくごまかせばいいものを、私の肩は思いっきり正直に跳ねた。

「ないです、何もっ」

いくら口でそう言っても、説得力はないだろう。『嫌だ、泣きそう』と涙の気配をぐっとこらえて、唇を真一文字に結ぶ。

部長の切れ長の目が一層細められ、柳眉《りゅうび》が歪んだ。

ぴり、と唇に痛みが走る。

部長の親指が乾いた傷を拭ったのだ、と気づいた時には熱い視線につかまって、目を逸らすことができなくなった。

その表情のあまりの色香に、息をするのも忘れた私。追い打ちをかけるように部長が私の耳元に顔を寄せてきたけれど、身体が固まって動けない。

「……お前にそんな顔をさせてるのが、むかつく」

そう囁かれて、腰が抜けそうになった。慌てて後ろ手に棚をつかみ、身体を支えることができたので、なんとか立っていることができた。

この状況を理解できていなくて、眩暈がしそうなほど翻弄《ほんろう》されたというのに、部長はあっさりと身体を離して私を解放した。

「このファイルは、営業補佐で割り振るから」

「え、え？」

部長はすでにファイルの積まれたテーブルに向かっていて、私だけついていけずに取り残されている。

ぽかんとその背中を見ていると、彼は残りのファイルをすべて持ち、上半身だけで私を振り向いた。

「西原は、そのファイルを頼む」

そう言って、部長は目線で私の手に残った一冊を示す。そしてさっきまでの不機嫌な表情はどこへやら、柔らかく微笑んでこう言った。

「先に戻る。お前はその赤い顔が収まってからでいい」

部長が去り、バタンと扉が閉まってひとり残された途端、私はへなへなとその場にへたり込んでしまった。

「い……今の、何？」

今の空気は一体……？　あれは、ほんとに部長？

心の中でいくら問いかけても、当然返ってくるものはなく、私が顔の火照《ほて》りを抑えて自分のデスクに戻れたのは、十分以上あとのことだった。


その後はなんとか平静を取り戻し、一日の業務を終える。だけど、部長のもとにコーヒーを届けるたびに、顔は赤くなるわ手は震えるわで大変だった。

帰りがけ、うきうきと何か話したそうな望美に捕まり、連日で居酒屋ご飯となる。といっても私は昨日の反省もあり、ウーロン茶にしてあるが、望美はおかまいなしにチューハイをぐびぐびと飲んでいる。

話題は当然、今朝の東屋くんのことだ。

「東屋くんがさよに気があるなんて、もうとっくに周知の事実じゃない」

「知らないよ。いつからよ。なんでそうなってんの？」

「さー。いつ頃からだろ？　東屋くん、最近特にさよにべったりだったし。気づいてなかったの、あんた本人くらいだと思うよ」

望美がケラケラと笑った。

今朝、営業課の皆から私たちに向けられた、あの視線の理由を知り、愕然《がくぜん》とする。

あの男は、周囲の目とか気にならないのか！

いや、むしろ周囲の目を利用しようという魂胆を、隠しもしないところに腹が立つ。

一方、望美は相変わらずニヤニヤと楽しそうだ。

「部長も機嫌悪かったしね。さよ、なんか楽しいことになってるね！」

『部長』……望美が発したその言葉が、私の地雷を踏んだ。

聞くと同時に、資料室での出来事が見事に思い出され、ぼぼぼっと火が点いたように顔が熱くなった。

「ちょ、何その顔。あんた、もしかして部長とも何か……」

「は？　な、ないよ、何もない」

正直すぎる私の顔色を、望美が見逃してくれるはずはない。『素直に吐け』と言わんばかりに前屈みになって、私の顔を覗き込む。

「嘘つけ、こら！」

「ほ、ほんとだって！　システム課の説明会に一緒に行くってことになったから、それを思い出しただけ！　ぶ、部長は私の憧れの人だし、緊張するなーって」

顔が赤い理由をなんとかほかのことに結びつけて、ごまかした。「怪しい」と私を睨む望美の目を避けて、冷えたウーロン茶を一気に飲む。

お酒にしておいたほうがよかったかもしれない。そうすれば、赤くなったのをお酒のせいにできたのに。

「まー……いいけど。それより、腕時計のほうはどうなったの？」

どうやら、今日の本題はこちらだったらしい。話題がうまく逸れてくれた先は、確かに気になっている事柄であり、私はテーブルに上半身を乗り出した。

「それなの。どうにかして探す方法ないかな、って考えてるんだけど」

その件がすっきりしないことには、前にも後ろにも身動きが取れない。何より、ちゃんと意識がある状態で相手と会って、あの夜のことを聞きたかった。

「前にも言ったように、よ。わざと腕時計を残していったのなら」

「うん？」

「私なら、最近急接近してきた人を、まず候補に挙げるけど」

「……最近？」

「うん」と頷きながら、望美は焼き鳥の串にかじりつく。そしてあっという間に身を食べつくすと、ぽいっと串入れに差し込んだ。

テーブルの上には焼き鳥盛り合わせのほかに、シーザーサラダとだし巻き卵、色鮮やかな野菜を巻いた生春巻きが並んでいる。

「あんたの今の状態なら、東屋くんが第一候補かなって」

「なんで⁉　それはないって。だって翌日、全く知らん顔して普通に声かけてきたんだよ⁉」

「さよが酔ってて覚えてないってわかってたんなら、そら、言いづらいでしょうよ」

シーザーサラダを取り分けながら、私は望美の言葉に首を傾げた。

「……なんで？」

「酩酊状態の女を押し倒して、好き放題キスを堪能しましたなんて、普通言えないと思うけど」

望美の言葉に、唖然《あぜん》とした。『確かに一理あるかもしれない』とその可能性を考えると、あんなにしれっと接近してくる彼が、なおさら信じられないからだ。

だけどいくらなんでも、あり得ないと思う。あまりにも白々しすぎるじゃないか。

「ないない。それはない」

「じゃあ、あとは……部長とか？」

望美がニヤッと笑う。

やはり、さっきの赤面の理由を、ごまかしきれてはいないのだろう。

何か意味ありげな笑い方だ。

「だっ、だからなんで！」

「だったら面白いことになりそうだな、って。この間ふたりでご飯を食べに行った、って言ってたじゃない」

「残業のついでだよ！」

っていうか望美、適当に名前挙げて面白がってるだけだよね⁉

それに、だ。やっぱり、納得いかない。

「キスして私が覚えてないから名乗り出れないんじゃ、それこそ検討なんてつかないじゃない」

「だから、そこで腕時計でしょ」

望美は両手を頬に当てて、やけに嬉しそうな顔をしているが、私は意味がわからなくて眉をひそめるばかりだ。

「高価な腕時計を残したのは、あんたがちゃんと思い出すきっかけになれば、ってことなんじゃないの？　思い出してほしいから接近してくるわけよ。一夜限りの遊びにするなら、その夜あんたがキスだけで無事なわけはないし」

「……ちょ、ちょっと」

「向こうは、あんたの記憶が戻るのを待ってるわけよ、見つけてくれるのを！　それが部長とか東屋くんだったら、あんたどうなのよ！」

「それってつまり、イケメンで妄想したらってことでしょう⁉」

「そうよ、全部妄想だけどね。全くあり得ないってこともないと思うけど」

いやあり得ないでしょ。確かに、あの腕時計を見て『相手が部長ならな』って夢みたいなことを、多少は思ったけれど。

実際、キスの相手が部長だったら？

ふとあのキスの記憶が蘇りかける。しかも相手が部長という妄想と今日の出来事の全部がドッキングして、またもや顔が発火しそうになる。

そんなの、まともに想像しちゃったら、明日から仕事に行けなくなってしまう。再びウーロン茶を飲んで、顔の熱を冷やそうとした。さっきからそれで誤魔化してばかりで、お腹がちゃぽちゃぽになりそうだ。

「部長は、酔った相手にキスするような人じゃないもん」

「あんた、一体どうしたいのよ。キスの相手を見つけて付き合いたいの？　それともキスしたことを怒りたいの？」

「え？」

返す言葉を見失った。望美に呆れた声で指摘され、自分の気持ちが定まっていないことに気がついたからだ。

優しく慰めてくれたキスの人に、もう一度会いたい。だけどもしも部長が、と考えると激しく動揺するし、普段からの部長を見ていると、そんなことをするわけがないとも思ってしまうのだ。

でも、わからなくなった。今日の部長の行動が、私には全くつかめない。

「……キスが、どういう意味だったのかを知りたい」

「うん？」

「もしも、相手が部長とか東屋くんじゃなくても、知ってる人だったとして、よ。無意味に雰囲気で流されたキスだったら、嫌だなって」

部長が、そんな風に簡単にキスする人だとは思いたくない。

あのキスは、とても優しくて温かかった。ただの記憶に過ぎないキスに執着するのは、あの一瞬、ちゃんと気持ちが通じ合っていたと信じたいからかもしれない。

頭の中で自分の気持ちがうまくまとまらず、しどろもどろに説明すると、望美の返答はやっぱりこうだ。

「気持ちがあったら嬉しいってことでしょ？　だったら相手が部長か東屋くんなら、最高じゃない」

「部長はともかく、東屋くんはやだ！」

夕べの無理やりなキスを思い出すとむかっ腹が立って、即座に否定の言葉が飛び出てしまった。

「ってか、結局、妄想の域を出てないし」

ああかもしれない、こうかもしれない。

「もう頭がパンクしそう！」と声を大にして叫んだ。

個室居酒屋、万々歳だ。

「そうよ、妄想するならイケメンに限るでしょうが。なんで東屋くんを頑なに拒否するの？　昨日一体、グーパンを食らわすほどの何があったのよ？」

不意に、望美の追及の矛先が変わった。ぎく、と頬が引きつった私に、彼女は一層笑みを深くする。

そうか、これを聞き出すのが目的だったか、と気づかされたがもう遅い。

結局そのあと、東屋くんとの出来事を洗いざらいしゃべらされてしまった。

望美の考察から、ふたりの名前が挙がったわけだが、結論は当然出るわけがない。私が思い出すか行動するか、もしくはしびれを切らした相手が行動するかしなければ、何もわからないままだ。

ちらっと頭をよぎったのは、『もしも相手が会社の人だったとして、私があの腕時計をつけて出勤したら、彼はどんな顔をするだろう』ということだった。

とことん、しらを切るつもりなら無反応かもしれないけれど、ちょっとは表情が変わったりしないだろうか、と少し期待する。

『ある程度確証が持てたらやってみようか』と考えつつ、いつも通り日々の業務をこなし、気づいたら近くにいる東屋くんを牽制《けんせい》する毎日だ。

相変わらず、彼はくじけない。

まあ、東屋くんがちょろちょろするおかげで、園田が近づいてこないのはいいけれど。よくよく考えれば、奥さんは出産で里帰り、しかも臨月じゃなくて早めに帰ったって言ってたから、短くて三ヵ月……下手《へた》したら半年近くいないってことなんじゃないの？

なんてことだ、それでは園田はやりたい放題だ。ハメを外す気満々の様子だったし、しばらくは気が抜けそうにない。

それにしても、園田はなぜ私に執着するのだろう。幼馴染みと結婚して、もうすぐ子供も生まれるというのに、浮ついていること自体問題だが、それだけなら何も私じゃなくてもいいはずだ。

園田が私を忘れられないだとかそんな気持ちでないことは、ひしひしと伝わってくる。ナメられているのだろうか、と思えば、それが一番しっくりときた。フラれても誰にも話さず、引き下がったからだ。

口が堅そうだから、遊び相手には都合がいい……とか、きっとそんなところだろう。

大会議室でシステム課の説明会の資料をぱらぱらとめくりながら、大きなため息が落ちた。

それはしっかり、隣に座る部長の耳に届いていたらしい。

「そんなに憂鬱《ゆううつ》か」

声をかけられて、慌てて背筋を伸ばす。

いけない、これから例の説明会だというのに、余計なことばかり考えていた。

「すみません、考え事を」

今日は午後から半日、説明会のために時間を空けてある。当初の予定通り、部長に同行しているのだ。資料室での出来事から数日が過ぎていた。

過剰反応していちいち赤くなる私と違い、彼は特に気にとめている様子はない。

だから私も、いつの間にかすっかり意識しなくなり……それが少し安心するような寂しいような、複雑な気持ちだった。

「上司と説明会なんて、気が重いか？」

「ち、違います！」

あたふたと否定すれば、くくっと喉を鳴らしたような笑い声がする。

「ひど。からかいましたね」

資料を持ち上げ、口元を隠すようにして目だけで藤堂部長を睨む。

彼はちょっと眉を寄せて苦笑いをすると、私の持つ資料をぱちんと指で弾いた。

「つまらないとは思うが」

「だから違いますって」

「ちゃんと資料に目を通しておけ。説明会の間に一回でも発言できたら、美味い飯を食わせてやる」

え……？

一瞬で頭が真っ白になる。

美味い飯……また部長とお食事に行ける。それは嬉しいけれど……問題はそこじゃない。

「発言するんですか⁉　私が！」

「できれば、という話だ」

「そ、そんな」

『できれば』なんて言うけれど、部長が言葉にしたということは、私にそういうことをさせようと思って今日連れてきた、ということだ。

「何事も経験だろう。できるところでしておかないと、得られるはずの経験値を逃すことになる」

そ、それはそうかもしれないですが……というか、その通りですが！

資料に視線を落とし、さっきまでとは全く違う意気込みで、もう一度頭から文字を目で追う。この内容をしっかり理解することが今日の私の仕事なのだと思っていた。部長のおまけに過ぎないと思っていたのだ。

だけど、ほんのわずかなことでもいいから何か発言しなくちゃいけないなら、もっと内容を、わかる範囲ででも整理しておかないといけない。

シャープペンを片手に資料を睨んでいると、聞き覚えのある声が部屋に入ってきて、つい目線がドアのほうを向いた。

……園田だ。

そうか、彼も出席予定となっていたのかと初めて知る。同時だったのか向こうが先に私を見ていたのか、ばっちりと目が合ってしまった。睨むようなもの言いたげな視線に驚いて、ペンを持つ手がぴくっと跳ねる。

その時、ぽんと頭に軽い衝撃があった。

「……よそ見しないで、集中」

部長の手が、私の頭に落ちたのだ。部長はそのまま資料まで手を下ろし、指でとんとんと叩いた。

『すみません』と謝ろうとした。

だけど、部長のひどく優しくて物憂げな表情を見た途端、まるで保護された子供みたいな気持ちになってしまって。

「……はい」

小さな声でやけに素直な返事がひとつ、ようやく出ただけ。今しがた、自分が誰の視線に怯《ひる》んでいたのかもどうでもよくなった。

「……ここ。西原が一番関わってくるのは、この辺り」

大きな手が資料を何ページかめくって、一点を指差す。耳に響く優しい低音が、心地よい安心をくれた。

「はい」

ああ、これがプライベートなら。今すぐ恋に落ちそうな気がするけれど。

「……このシステムが動きだしたら、ほかのメンバーに教えるのは、西原の役目になるからな」

「ええっ⁉　はい！」

残念ながら仕事中である。

そうか、だから園田以外に私も呼ばれたのかと得心《とくしん》がいく。

これまでになく、緊張する説明会になりそうだった。

開始までにもう一度集中して、資料に目を通した。かといって、今さら急に知識を頭に叩き込めるわけがない。ただ、わかることとわからないこと、実際にこの資料にあることを実施した場合、不安に思う部分など情報の整理はできたように思う。

内容的には、売上や契約の記録だけでなく、日々の業務の進捗《しんちょく》状況を社内のネットワークで管理し、必要な管轄で共有する情報を作るというもの。

確かに利点はありそう……というか、あるからこんな話が出ているのだろうとは思うけど、毎日こなさなければならない仕事が増える。

説明会が始まり、広い大会議室の正面に立ったシステム課の人は、柔らかい雰囲気の女性だった。

こんな優しげな人が……どう考えても非難轟々《ごうごう》となりそうなこの場を仕切るのか、と心配したが、なんのなんの、この女性が強い。どんな反対意見にも怯むことなく、だけど喧嘩腰になるわけでもなく、終始にこやかに丁寧に説明をして理解を求める。

「日々の業務に加え、これを毎日やれというのは非効率的だと思いますが。進捗なんて、毎日あるような案件ばかりじゃないでしょう」

まるで小バカにするような、笑いを含んだ声だ。

だが彼女はさらりとかわした。

「進捗がないなら、ない。それが報告です。ようは、今抱えている案件の最新の状況を、必要な人間が把握できることが重要なんです」

デキる女、というのは彼女みたいな人のことを言うのだろうか……などと、感心している場合ではない。この雰囲気の中、私に一体何が発言できるだろうかと思うと、冷や汗がじわじわと出てきた。

聞きたいことは、あったりする。今みたいに、反発ばかりしていたって仕方ないと思う。ここまでシステムができ上がっているのなら、これはもう決定事項なのだ。

だけど……『自分が聞きたいと思っていることがすごくくだらないことだったら、どうしよう』とか、周囲の空気に圧倒され、尻込みしていた時だった。

とんとん、と資料の紙面を指で叩いて、部長が私を呼ぶ。

ふと視線を向ける前に、耳元で囁かれた。

「難しいことを考えるのは、ＳＥの仕事」

「え……」

「実際に使うのは、俺やお前も含め、専門家でもなんでもない一社員だ。使う側からの発言をすればいい」

その言葉で、少し余計な力が抜けた。そうだ、何も卑下することはない。自分の仕事をするために必要なことを聞き、意見を言うだけ。

部長の言葉に顔を上げれば、あの女性と目が合った。わざとなのか偶然なのか、そのタイミングでぽんと背中を叩かれて。

「はい！」

咄嗟に手を挙げてしまった。

ヤバい、もう引き下がれない。

「どうぞ」と促され、立ち上がる膝《ひざ》が緊張でカクカクと震えた。『しっかりしろ自分』と腹に力を入れて、声を出したはいいものの。

「営業課の、西原れす！」

噛んだ。上ずったうえに、噛んだ。

「す、すみません、緊張してて っ……」

「ぶはっ」

隣から噴き出す声がして、ちらっと目線だけ動かすと、部長が顔を背けて肩を震わせている。

……ひどいと思います、笑うなんて。そもそも、部長が急に背中を叩いて煽るから。恨めしく部長を睨んだが、それを引き金にクスクスと周囲からも笑い声があがり、場の空気が少し緩んだ。

私は思いっきり恥をかいたが、そのまま和やかな雰囲気の中で質問と意見を口にすることができた。

お前、可愛いな

あの緩んだ空気がよかったのか、あのあとはしどろもどろになることなく、きちんと順序立てて話すことができた。進行していた女性も丁寧に答えてくれて、そのうえ私が指摘した箇所を今後の修正点に加えてくれたのだ。

あれでよかったのかどうかわからないし、稚拙《ちせつ》な意見だったかもしれない。けれど、自分の考えを誰かに伝え、対等に意見を交わし、それがかたちとなって現れる。それは、なんとも言えない達成感があった。たとえささやかな案であってもだ。仕事に対する考え方を、改めるきっかけをもらった気がする。どうせ実行されるなら少しでもよりよくできるように、と改善してほしい点をいくつか挙げた。それが前向きだと捉えてもらえたようで、『会場の雰囲気を切り替える契機にもなった』と部長にお褒めの言葉をいただいた。

そんなわけで、定時を迎えてすぐ、約束の美味しいものを食べさせてもらいに連れてこられたのは小料理屋だ。それほど気取った店ではなく、気軽に暖簾《のれん》をくぐれるような温かな空間と小さなカウンターがある。

そこに肩を並べて座った。

最近、お酒を飲んでばかりなので、「今日はウーロン茶で」と一応遠慮した。だけど部長に「まあ一杯は付き合え」と言われ、結局グラスを差し出し、恐れ多くも部長にお酌《しゃく》をしていただいた。私も注がなければとビール瓶に手を伸ばしたが、部長はさっさと手酌で済ませてしまった。

「お疲れさん」

「疲れました」

ほんとに。

「乾杯」とグラスを掲げ、ふと今さら思い出す。

「そういえば部長、今日は車じゃないんですか?」

部長は、接待などでお酒を飲む予定がない場合は、車で出勤しているはずだった。この店は会社からそれほど離れていない場所にあり、徒歩で来たからうっかりしていた。

お酒を飲んだら、運転できなくなる。

「ああ、今日は代行でも頼むか、置いて帰る」

そう言って、部長はビールを呷る。

私も部長が注いでくれたのだし、と口をつけかけたのだが、やめた。

「あの、もしよかったら、私運転できますけども」

人様の、しかも部長の車を運転するなんてものすごく緊張するけれど、代行を頼むよりは、お食事を奢ってもらったお礼に、そのほうがいいと思ったのだ。

だけど、部長は私の案にものすごく、ものすごーく変な顔をした。眉間に皺を寄せて、まるで変なものを見るように訝しげに私を見る。

「え……私、何か変なこと言いました？」

「言った。お前は一体、どういうルートで帰るつもりだ？」

「どうって、部長のお家まで行って」

「そこから？」

「電車で帰ります」

当然だ。そこから部長に送ってもらったりしたら、結局、飲酒運転になるし、これからしっかり食事を堪能したあとでも、終電まで充分時間はありそうだ。

家は近いといっても、ひと駅分ほどはある。さすがにそれだけの距離、夜道を歩くのはつらいし、駅に戻って電車に乗ったほうがきっと早い。

家の位置と駅の場所を頭に浮かべて、具体的に考えていたのだけれど、部長の呆れ

まった。

いきなりバカと罵《ののし》られて若干ショックを受け、ついムキになって言い返してし
「ええっ、なんでですか！　これでも結構、運転うまいんですよ⁉」

「バカか。そんなことさせられるか」

た声に遮断された。


だって！　よく、運転下手そうだと言われるけれど、これでもちゃんと――。

「ちゃんとゴールド免許の安全運転派です！　乗らないからゴールドとかじゃないですよ。休みの日には、ちょこちょこ乗ってますし！」

「そういうことは言ってない。もういい、お前もちゃんと飲め。『私が送る』とか言えないようにしてやる」

もしかして、女性社員に送られるのが嫌なのだろうか。なんでよ、変に代行とか頼むより絶対いいと思うし、運転に男も女もないと思うけど。

納得できずにいたのだが、部長が『早くグラスを空けろ』と言わんばかりに、続けざまにビールの注ぎ口を近づけてくる。追い立てられるように最初のグラスを空ければ、すぐに注ぎ足された。

ほどなくして、注文した料理が目の前に並べられる。

店主が魚にこだわっているそうで、それを知っている部長が頼んでいたのは、主に魚料理だった。

「美味しい！　美味しいです、部長！」

今までに食べたことのある魚料理とは、味付けも鮮度も違った。創作和食なのか、一品一品の彩りも美しく、つい夢中で箸を進める。

はたと我に返ると、隣に座る部長が「くく」と喉を鳴らして、苦笑いをしていた。

「ほんとに美味そうに食うな、西原は」

……笑われてしまった。だってこんなに美味しいお魚、初めてなんですもん。

羞恥心に頬が熱くなり、少しばかり箸のスピードを緩めた。

「これもやる」

「いえ、結構です」

すました顔で遠慮したが、部長が差し出したのは、さっき私があっという間に平らげてしまった、甘えびの入った小鉢だった。

めっちゃお気に入りの味だったのを、しっかり見抜かれている。

確かに、『もうちょっと欲しい』なんて思ったけれども、いくらなんでも人のものまでいただくなんて、と散々迷ったが……。

「遠慮するな。今さら」

「……ありがとうございますっ」

『今さら』と言われ、恥ずかしいのも通り過ぎ、開き直って受け取った。

そんな私を見て、部長はまたずいぶんと楽しそうに笑みを浮かべている。

その笑顔が今日はやけに近いことに気づく。

そうだ、以前はテーブル席だったけど、今日はカウンターだ。ちょっと動いただけで肩が触れそうで、距離感に少しドキドキした。

近頃、部長とふたりで話す機会に恵まれ、急速に心安さが増したはいいが、同時にあまり見られたくない自分を晒してしまっている気がする。

『私なら、最近急接近してきた人を、まず候補に挙げるけど』

ふと、望美の言葉が頭を掠めた。

聞いてみるとしたら、なんて聞けばいい？『最近、腕時計をなくされませんでしたか？』とか？

遠回しなようだけれど、当たりならキスの相手とわかる反応があるだろう。だけど、部長であってほしいような、あってほしくないような、複雑な気持ちだった。

だって、もし部長があの腕時計の持ち主ならば、彼はしれっと何事もなかったように私に接していることになる。そうなら、あの夜の出来事はただの戯れだったのだろうかと思えてしまう。そんな風に、気軽にキスをするような人だとは思いたくなかった。だけど、部長じゃなければ一体どこの誰と私はキスしたのか。

知りたいけれど、考えるほどに怖くなってくる。

複雑な気持ちで部長の顔をちらりと見れば、ビールを呷った彼はすぐに私の視線に気がついた。

「どうした？　遠慮しないで西原も飲めばいい」

言いながら、またビール瓶を手にする。そんなに私はもの欲しそうな視線を向けていたのだろうか、慌てて首を振った。

「いえ。このところ、望美や東屋くんとかと飲む機会が多くて、ちょっと反省してるんです」

カチ。

手元が揺れたのか、ビールの注ぎ口がグラスに当たって、そんな音がした。

それ以降、部長が何も言わないので、謎の沈黙に首を傾げてしまう。

「あの、部長？」

「早く飲め。どうせ明日は休みだ」

「はあ……」

『飲まなきゃ注げない』……そんな圧を感じて、半分ほどグラスを空けると、部長が泡が溢れるギリギリまでビールを注いだ。

「好きなんだろう？　酒」

図星を突かれ、「う……」と眉を八の字に下げる。そうだ、少し自重しようとは思うけど、私はお酒がかなり好きだ。

「……ですね。望美とは一時期、毎週のように飲んでて……。女同士だと話が盛り上がって、ついはしゃいで飲みすぎちゃって」

「東屋とも、よく行ってるみたいだな」

部長は感情の見えない表情で、自分のグラスにもビールを注ぎ足す。

あまり触れられたくないほうへと話が流れてしまい、眉を寄せてむすっと唇をへの字に曲げた。

「行ってましたけど、もう行きません」

「そうか」

聞いておきながら気のない返事をしてお酒を飲む、その横顔。

『本当は大して興味はない』と言われているような気がして、悔しくなった。

それに、ずっと気になっていたのだ。東屋くんとのことで周囲が変に盛り上がっていて、部長に勘違いされていたらと思うと、ついムキになって自分からぺらぺらと話してしまう。

「な、なんか。皆、好き放題言って面白がってますけど！　別に、東屋くんとは何もないですよ⁉」

「そんなに必死に言われると、逆に何かあったのかと詮索したくなる」

「え……」

「急に、『行かない』と言いたくなるような何かがあったのか？」

部長が頬杖をつき、グラスを置いた。斜めにかまえた視線で、笑みを浮かべて私を見る。

――『行かない』と、言いたくなるような、何か。

「な、ないです、何もっ」

あの強引極まりないキスと、ストレートな告白を思い出してしまい、慌ててぶるんと首を振る。それでも顔色は取り繕えそうになかった。

多分、今私の顔は真っ赤だろう。それを隠そうとうつむいていると――。

「……真っ赤」

「ひゃっ⁉」

突然耳の淵に触れた、冷たい感触に肩が跳ねる。

部長が私の耳に触れたのだ。

『冷たい』と感じたのは、私の耳が今異様なほどに熱いからだ。

部長の手は、ほんのわずかに触れただけですぐに離れていき、あとはまたすました顔でグラスを取る。

部長があまりにも平然としているから、頭がぐるぐると混乱した。

気のせいだった？　いやいやそんなバカな。あれ、耳を触るのって、結構普通？

そういえばこの前は唇に触れられたし、案外普通なんだ、きっと……って、そんなわけあるか！

「い、今。耳っ……」

「あんまり赤いから。そんなに赤くなるような、何があった？」

耳を触られたことを咎めたはずなのに、あまりにも自然に流されてそれ以上責める言葉を失い、ぱくぱくと口だけが動く。

それどころか、逆になぜか私が追及されている。怖いくらいの、綺麗な笑顔で。

「な、何もないですってば、ほんとに」

「顔が赤くなったり青くなったり、忙しいな」

「なってませんっ。もう勘弁してください」

声をあげると、くく、と顔を伏せて肩を揺らす部長。

からかわれたのだと、ようやく気がついた。

「ひどいです。部長、もしかしてもう酔ってます？」

「このくらいで酔うわけがないだろ」

「でも、なんか普段の部長と違うんですもん」

「仕事とプライベートで違うのは、当たり前じゃないか？」

口角を片方上げて話す部長の表情は、確かにオフィスにいる時よりも砕けた印象だ。

言われて気づく。そうか、これはプライベートなのか。プライベートの時間を共有しているのであれば、私だって少しは部長のことを知れるチャンスだ。

だから思いきって、物申してみた。

「だったら私ばっかり聞かれるのは、なんか不公平です」

「聞きたいことがあるなら、聞けばいいだろう？」

「聞いたら、答えてくれるんですね⁉」

『やった！』とばかりに、つい前のめりになる。舞い上がる私に、部長はニヤリと口の端を上げ、おもむろに自分のネクタイの結び目を握り、緩めた。

「その代わり、お前もちゃんと答えろよ」

砕けた印象を通り越し、色香が漂った気がして、急な雰囲気の変化に私の声は上ずった。

「こ、答えますっ……！　東屋くんとは、どうもならないです！」

『答えます』と堂々と宣言しておきながら、ちょっとズルい答え方になってしまった。何があったか、ではなくて、この先のことに話をすり替えたかたちになってしまったからだ。

部長が気づかないはずはないと思ったけれど、彼はふっと笑って続きを促す。

「なぜだ？」

「なぜって……東屋くんなんて、引く手あまたじゃないですか。私のことなんて、多分、気の迷いか一緒にいて気安いからに決まってるし」

そうだ。あんな、彼女なんて選び放題の彼が、なぜに私なのか。そこら辺りが謎すぎて、いまいち信じられないんだと思う。

なんで、私なんだろう？

誰もが思って当然のことを口にしたつもりだが、部長はよくわからないといった表情で首を傾げた。

「ずいぶん、卑屈だな」

「卑屈?」

「ああ。自分とは釣り合わないとか」

「え……だって、私なんて頭のてっぺんから足の爪先《つめ》まで、至って平凡ですし。中身も外見も」

なんでそんな、不思議そうな目で見るんだろう。誰が見たってそう思いそうだけど。

「そんなことは」

「『ない』ってはっきり思えたらいいんですけど。……失恋したんです。それからなんか、考えるようになっちゃって」

部長にこんな話をするなんて、ほのかに酔い始めているのだろうか。それとも、いつもよりぐっと親密にぽんぽんと会話ができているこの空気に、気が緩んでしまったのだろうか。もちろん、誰に失恋した、とは言わないけれど。

私はうつむいてビールのグラスを握りしめると、白い泡を見つめながら、ずっとくすぶっている気持ちをぽつぽつと吐き出した。

「努力したんですよ、これでも。なのに、どうして私は選ばれなかったのかなって。

結局、魅力が足りないってことなのかな。でも、自分を磨くってどうすればいいんだろうって……」

可愛いと言われたくて、努力した。料理が美味いと褒められれば、もっと上手になりたいって思った。

でも園田が私を選ばなかったってことは、人の魅力ってそういう部分じゃなかったのかなって、考えれば考えるほどわからなくなっていた。

じゃあなんで、引く手あまたの東屋くんが、私を好きだと言うのだろう。彼もいつか、誰かに心変わりするんだろうか、もっと魅力的な人を見つけたら。

私は少し……いや、かなり臆病になりつつあると、頭ではわかっている。わかっていても、どうにかできるものではなかった。

「選ばれないからといって、魅力がないことにはならない」

耳に届いた部長の声はやけにきっぱりとしていて、だからまっすぐに心に響いた。

「そのたったひとりの男の審判が、すべてなわけはないだろう」

驚いて顔を上げると、私を見つめる真剣な視線に捕まる。なんだかひどく意識してしまってすぐにうつむいたけれど、目は離せなくて上目遣いになってしまった。

「……確かに、そうですけど」

「けど?」

「……やっぱり、好きな人には選んでもらいたいじゃないですか」

部長の言葉は心に染み渡り、私を少し浮上させる。だけど、根本的な想いは変わらない。いつかまた恋をしたら、好きな人に私がいいと言われたい。

子供染みた、夢見がちな女の思考だろうか。言葉にしてから少し恥ずかしくなり、耳が熱くなった。

そんな私を、藤堂部長は少し瞠目して見つめ、やがて柔らかく頬を綻ばせた。

「……お前、可愛いな」

頬杖をつきながら微笑を浮かべる彼の、艶やかな雰囲気に一瞬で呑み込まれた。

優しい表情と言葉に驚いて、声を出すこともできない。私の内心を見透かすように、じっと見つめる視線から、逃げようにも逃げられなくて。

「可愛いよ」

重ねられた言葉に、固まっていた身体がようやく反応する。かあ、と身体も顔も熱くなるのを、止められなかった。

「や、やだな、部長」

『からかわないでくださいよ』と笑い飛ばしたくても、うろたえてしまってまともな言葉が出ない。

私がこんなにあたふたしているのに、目の前の部長は少しも動じていなくて。

あ、あれ？　そもそもなんで、こんな話をすることになったんだっけ？

事態に対処できないうちに、またひとつ縮まろうとする距離。部長が前屈みになり私の顔を覗き込むようにして、再び手を伸ばしてきたのだ。

驚いて身をすくめる。頬に指が触れて、ただそれだけで背筋がざわめいた。指が、撫でるわけでもなく、ただ触れているだけ。

「ふ……さっきより赤い」

そう言った部長は、何か嬉しそうだ。意味がわからなくて、ひたすら目を白黒させる私に向かって、何やら満足げに笑って頷く。

「えっ、えっ？」

「卑屈になるな。お前が逆に、ちゃんと男を選べ」

「……え」

触れていた指が、とんと私の肌を叩いて離れていく。同時に息苦しいほどの甘い空気も和らぎ、ほっと息をすれば、身体の力が抜ける。

び、びっくりした。可愛いって、励まそうとしてくれたんだ……きっと。

そう結論づけて、変に意識しそうになっていた気持ちにブレーキをかける。

このところ、時折生まれる上司と部下らしからぬ空気を、どう受け止めればいいのかわからない。もとに戻ってほっとしたけど、少し寂しさも感じた。

「ちゃんと、好きな人を選んでるつもりなんですけど」

「よくも悪くも、男に左右されるタイプだろ。自分をちゃんと想ってくれる男を見極めないと、すぐダメになる」

「むー……」

それって、私に〝見る目がない〟ということでしょうか。

部長が、私のどんなところからそう判断したのかはわからないけれど、園田の本性がまさしくアレだったわけで……。反論の余地がなさすぎて、うなり声しか出ない。

「少なくとも、さっきの西原は持ち帰ってもいいかと思うくらい可愛かった。自信を持て」

「も、もち、ひえ、あう……はい……」

さらりと素の表情で落とされる爆弾。

真に受けて赤くなる私を見て、楽しそうに肩を揺らすのはやめてください。

「部長、私をからかって遊んでるでしょう」

「いや？」

嘘ばっかりぃ！

外に出ると、冷たい空気が頬を冷やし、首をすくめた。週末ということもあり、平日なら人が空き始める時間だが、今夜はまだまだ賑やかだった。

「結構飲みましたね。美味しかったです！　ありがとうございます」

隣を歩く藤堂部長を仰ぎ見る。

私以上に飲んでたはずだけど、彼の顔色はちっとも変わっていなかった。

「タクシー乗り場まで歩くか」と動きだす。歩くテンポは、仕事中では考えられないくらいかなり緩い。

「いい酔い醒ましになるな」

「ですね……」

タクシー乗り場に着いてしまうのがなぜか寂しくて、わざとヒールの具合が悪いフリをして何度か立ち止まる。ふたりきりのこの時間が、すごくすごく惜しかったのだ。

「……あ！」

「なんだ？」

「結局、私ばっかりしゃべらされて、部長に何も質問できてない！」

そうだ、聞かれたら答えてやるとか言われてたのに、なんだかすっかりペースを奪われ、いつの間にか忘れていた。

「今さら。すぐにタクシー乗り場に着くぞ」

「ああっ、ちょっと待ってください！」

迷っている間に、時間がどんどん過ぎてしまいそうだ。焦って質問を考えるが、思いつくのはありきたりな、一点だけだ。

「か、彼女はいますか⁉」

「今はいないな」

はい、終了ー。ってこれじゃあ。

「終わりか？」

「いえ待って、待って！　これだけじゃあ、納得いきません！」

えーと、えーと、と頭を悩ませる間に、ひゅるんと冷たい風が吹く。即座に首をすくめれば、ぐるぐると首に巻いたマフラーに顔が埋《う》まった。

「……亀だな」

「え？」

「顔が半分、埋まってる」

くい、と口元を隠していたマフラーが、下に引かれた。

笑っている。この頃思うのは、部長は仕事中でなければ結構、笑い上戸だ。そして何か、とても優しい顔をする。

とくとくとく、と少し速いリズムで鼓動が鳴る。それが心地いい、と思うようになったのは、ドキドキすることに慣らされてきたからだろうか。

不意に、藤堂部長が口にした。

「好きな女なら、いる」

「え？」

「〝彼女〟の次に来る質問といえば、〝好きな女〟だろう」

ちく、と細い針で胸を刺されたような痛みがあった。

私のマフラーを引いていた指が離れていき、一瞬止まっていた足が再び動き始める。

「どんな人ですか？　なんか、イメージ的に仕事のデキる絶世の美女しか、頭に浮かびません」

わざと明るい声で言った。実際、部長に似合いそうな人となると、どうしても〝デキる美女〟しか想像できない。

「そんな女、うちにいたか?」

「あれ……『うちに』ってことは、うちの社員……」

ふとそのことに気がつくと、ちくちくちく、と胸を刺す針が増えた。さらには、同じ課だったり、するのだろうか。

「っていうか、部長、ひどい。今の発言は私たちに対する侮辱ですよ」

痛みをごまかして、あえて茶化すように明るく振る舞う。

「デキのいい綺麗な女が〝選ばれる〟とは限らないだろ」

そう言って、部長は笑った。

部長に選ばれるなんて、誰だろう。どんな人だろう。

「普通だ」

「ふつう」

「一途で健気で可愛い、普通の女」

一途で健気で可愛い、が〝普通〟になるのか。そもそも、部長の中の〝普通〟は、私が思う普通よりスペックが高いのかもしれない。

さっきまでは『タクシー乗り場がもっと遠ければいいのに』と思うくらいに、部長と話をすることが楽しかったのに。好きな人がいるのだとわかった途端、この時間が苦しくなった。今はもうタクシー乗り場が目の前に見えていて、話を続けずに済むことにほっとする。

待っている人はいないけど、タクシーも出払っているようだ。

その時、バッグの中にあるスマホが何度目かの着信を知らせた。

「すみません、ちょっといいですか？」

手にしたスマホの画面に表示された名前に、つい眉をひそめてしまう。

「あ……」

「何？」

「いえ、東屋くんからで。多分暇だからとかそんな話なので、あとでかけ直します」

私が意地になって食事の誘いを断るものだから、彼は近頃ちょくちょく電話をかけてくる。

おちょくったりおちょくられたりしながら、他愛《たわい》ない話をして数分で切るのだけど、あの夜みたいに特に口説かれたりもしないから、彼に対してどういう態度を取ればいいのかわからなくなってきている。

着信音がやまない。

ちょっとだけ出て、あとでかけ直すと伝えるべきだろうか。

「すみません、ちょっと——」

『ちょっとだけ、出てもいいですか?』……そう尋ねようとしたけれど、スマホを持つ私の手に添うように部長の手が触れて、言葉が続かなくなった。

ぎゅっと強く握りしめられ、その手の中でスマホが震えている。

「部長?」

戸惑いながら部長を呼ぶと、彼ははっと我に返ったような顔をする。握られる手から一瞬、彼の戸惑いを感じたけれど、気のせいだろうか。

少し切羽詰まったような余裕のない色を、その瞳の中に一瞬だけ見た気がする。

「あの……」

「西原」

気づけば、腕を引き寄せられていた。すぐ目の前まで部長の顔が近づいてくるのをただ見ていて、こつんと額同士が当たった瞬間、瞬きをする。

「選べよ」

「ぶ、ちょう」

「ちゃんと、お前が選べ」

『ちゃんと、好きになる男を選べ』『慎重に、男を見る目を養え』と、そういうことだと思う。

だけどなぜか、頭に浮かんだのはふたつの選択肢だった。

額をくっつけたまま、部長が瞼を閉じた。

鼻が今にもこすれ合いそうな距離で、長い睫毛《まつげ》が目の前にある。ただ息を呑むしかなく、この部長の行動の意味を考える余裕がない。

スマホはまだ震えている。

再び部長の目が開いた時には、彼は何もなかったかのように離れて視線を外し、タクシー乗り場のほうを見た。

「来たな、タクシー」

「え……あっ」

ちょうど、一台入ってきたところだった。手を引かれながら、タクシーに近づくと、後部座席のドアが自動で開く。

促されて先に乗り込むと、部長は運転手に私の家の住所を告げて、お札を一枚手渡した。

「えっ、部長、乗らないんですか?」

ドアが閉じてしまい、慌てて窓を開ける。

家は、同じ方向にある。この間ふたりで飲んだ時は、相乗りして帰ったのに。

「少し、酔いすぎた」

そういう部長の顔は、とても涼やかなものだった。

「酔った勢いで、持ち帰るわけにもいかない」

部長はきょとんとして反応の遅れた私に苦笑いすると、くしゃくしゃっと私の髪をかき交ぜる。

「お疲れ」と言って一歩下がった部長を置いて、タクシーは走りだす。

角を曲がって姿が見えなくなるまで、タクシーの中で後ろを振り向いていた。

酔ってなんか、全然なかった……よね？　なんで、あんなこと。『お持ち帰り』って……？

別れ際の部長の言葉を思い出して、今さらながら胸が激しく高鳴り始める。

「な、なんで？」

私はもしや、口説かれていたのだろうか、それとも、からかわれただけなのだろうか。決定的な言葉なんてなかったから、ただの冗談かもしれない。

それに、顔色が変わっていなかっただけで、実は結構酔っていた、とか？

いろんな可能性を考えて、『やっぱり違う、何かの間違いだ』と落ち着こうとしたけれど、全く効果がない。嬉しいのか恥ずかしいのか不安なのか、わからないけど涙が出そうなほどに瞼が熱くなる。

いつの間にか手の中の携帯は、着信を知らせることをやめていて。

私はその夜、東屋くんにかけ直すことができなかった。

お願いだから、守らせて

「えっ⁉　私が？　なんで！」

もうじき、忘年会シーズンである。

営業部でも毎年会社の最寄り駅周辺の店で行っているのだが、人数が二十名を超えるので、幹事は店選びがなかなか大変だ。

週明け出勤すると、朝から何人かがその話で盛り上がっていて、私の顔を見た途端にお前が幹事だと指名された。まあ別に、誰かがやらなければならないのだから、それはかまわない。

問題は、男性側の幹事が東屋くんということだ。

「ふたりで協力してやれよー」と、またしても周囲の目は微笑ましい。

「さよさん、店探し頑張ろうね」

彼が、ほっくほくと嬉しそうに私を見ている。

てめえ謀りやがったな、と私は苦虫を噛み潰した。その時――。

「騒いでないで、朝礼始めるぞ」

オフィスの雰囲気を一掃する、ひんやりとした声が響いた。

なんとなく、既視感がある。

部長の出勤で、やっとオフィスが仕事に向けて動き始めた。

「おはようございます」と皆が慌てて挨拶をする中、部長とぴたりと目が合った。

「お、はようございます」

「ああ、おはよう」

彼は、至っていつも通りのポーカーフェイスだった。

だけど私のほうは、全身が真っ赤なんじゃないかと思うくらい熱くなって、じっとり汗まで噴き出してきた。

ああ、マズい。『どんな顔して会えばいいのだろう』と、この土日悩んで終わったけど、結局会っても普通ではいられなかった。

『落ち着けー、落ち着けー』と自分に言い聞かせながら、慌ててデスクで今日の仕事を整理し始めた。

　忘年会っていったって、別に大がかりに特別なことをするわけでもない。毎年営業部で行われる、大人数の飲み会だ。出欠を確認して、ひとりいくらと計算して、お金集めて、当日は代表で会計をする。することといえばそのくらい。

一番手間なのは、店選びだ。

昼休みの社員食堂で、私の向かいに座る望美についつい愚痴がこぼれた。

「東屋め……勝手にこんな風に仕向けるなんて」

「仲良く決めなさいねー」

パスタをくるくるとフォークで丸めながら、望美は心底楽しそうだ。

「他人事だと思って」

彼女を恨めしく睨みながら、私もようやくランチプレートに箸をつける。

私の好きなクリームコロッケのランチプレートだ。

「東屋くん、さよにかまってもらおうと必死で、可愛いじゃない」

「可愛いなんてたまじゃないよ、結構腹黒いよ」

「だから、そういうとこが可愛いんじゃない。それだけあんたのことが好きなのよ」

その言葉に、私は黙るしかなかった。ずっと邪険にし続けている自分が逆に、大人げないと言われているようだ。

どの道、これから忘年会の会場選びなどで、何かと東屋くんと話すことになるだろう。大人数が収容可能かどうか、飲み放題プランはあるかどうかなど、店に出向いて決めるほうが早い可能性もある。

東屋くんをとことん無視して、ひとりで勝手に進めてしまうこともできるけれど……さすがにそれは、心が痛む。

それにずっと逃げていても仕方ないので、そろそろちゃんと考えなければいけないと思っていたところだ。

東屋くんのことも、部長のことも、腕時計のことも。東屋くんのことは、正直言って嫌いじゃない。だけど、『好きか？』と聞かれると、なんだか突然すぎて感情も理解も追いついていないのが現状だ。でも、毎日あの調子で懐かれると、どうしても嫌いにはなれない。

『ならば部長は？』と考え始めると、なんというか妙にそわそわして、いろいろと気になってしまう。

先日ふたりで飲んだ帰り道、部長がなぜ『酔った勢いで持ち帰るわけにもいかない』なんて言ったのか、とか。

彼は『ちゃんと、お前が選べ』と言った。では、もし私が部長を好きになったら、彼は私を選んでくれるのだろうか、とか。

あの時生まれた選択肢は、私の中では部長か東屋くんか、という二択に絞られていた。

〝私が選んだ人〟が、腕時計の持ち主と同じだったらいいなと願ってしまう。

じっと考え込んでいれば、クリームコロッケを箸でつついてばかりいた。

私の様子がおかしいことに気づいた望美に、結局部長とのことまで全部吐かされ、その後の第一声がこれだ。

「あんた……人生最大の、奇跡のモテ期突入じゃないの」

「いやいや、ちょっと待ってよ。部長は好きな人がいるって言ってたし」

「だから、それがあんたのことじゃないの？」

望美はにんまりと笑って、行儀悪く箸を私に向けた。

「え？」

「だって、部長の態度はあまりにも意味深すぎる」

そう言いきった望美は、ランチプレートに視線を落とし、食事を再開する。

私は驚いて、ついに完全に箸を持つ手が止まってしまった。

「まさか……そんなわけないでしょ」

そう言葉では否定したものの、確かにこのところの部長の行動は意味深だ。でも、はっきりとした何かを言われたわけじゃないし、私の自意識過剰なのかもしれない。

第一、東屋くんに告白されただけでも恐れ多いというのに、まさかふたりから、だなんて。

どちらも私にはもったいないくらいの人だ。部長も東屋くんも、私にはハイスペックすぎて今までそっと遠くから眺めるか、仕事で関わることしか考えたことがなかった。

「私は部長も絶対、さよに気があると思うけどなあ」

「やめてよ。確かに部長の言動は意味深だけど、全部真に受けていいとも思えないし……っていうか、こんな経験ないからほんとにどうしたらいいかわかんない」

園田の時はわかりやすいくらいに、彼に対する私の好意が顔に出ていたのだと思う。だから園田はすんなりと私を口説き、私は素直に彼の言葉に舞い上がったのだ。そのため、私が先に好きだったという意識のほうが強い。

相手から先に想いを寄せられるということが、私には初めてのことだった。

「あんたが、今まで気づかなかっただけかもしれないけどね」

「何が？」

「誰かに口説かれてても、気づかずにスルーしてそう。あんた激鈍いし」

『激鈍い』って……どんな日本語だ。

「見た目はそれなりに普通以上だし、あまり特徴ない顔立ちしてるから化粧映えするし。男ウケは悪くないわよ、きっと」

「全く褒められてる気はしないけど、ありがとう」

「胸も、可もなく不可もなく、だしねえ。無難、無難」

うっさいわ。

しかし望美に茶化されて吹っきれたのか、ひとつ覚悟は決まった。

忘年会だ。

それまでに何がどう動こうと、忘年会にあの腕時計をつけていこう。ひと通りの人間が集まるし、お酌する時にでも袖口からちらっと見せることができたら、持ち主ならきっと少しは反応があるはずだ。


十二月に入り、いよいよ忘年会の日も迫ってきた頃。

今日の仕事上がりに、忘年会会場の最終候補である創作居酒屋に、東屋くんとふたりで下見に向かうことになっていた。事前に何軒か候補を挙げて話し合い、残った最後の一件だ。

『女性社員は味にうるさいじゃないですか。望美さんとか特に。実際食べてみないとわからないから、一度くらい一緒に行ってくださいよ』

どうしてもそう言って譲らず、結局押し切られてしまった。『先日みたいに強引なことは絶対しない』と、しっかり約束させたけれど。

でも、あまりこたえている様子はない。

この二日間は、部長は出張でいない。

だから、また調子に乗った園田が私の周りをうろつこうとしたものの、それを上回る勢いで東屋くんがそばにいたので、園田が近寄ってくることはなかった。

……っていうか、仕事しなさいよ！

東屋くんはなんでいつも見計らったように、私がコーヒーを淹れるタイミングで給湯室に現れるのか。

尋ねれば、私が毎日同じタイミングで休憩《きゅうけい》しているので、自分もその時間にひと息つけるように調整しているだけだとか。

そのサイクルに園田も気づいているのだとしたら、今度から時間をランダムに設定しようと思う。

「お疲れさまでーす」

口々に声をかけ合い、仕事が終わった人から退社していく。

私は明日の仕事の準備などがあり、少しばかり残業をしていたら、いつの間にか高見課長とふたりきりになっていた。

「課長も残業ですか？」

「あー、うん。そんなようなもん。西原帰れそう？」

「はい、これで帰ります」

課長が残業なんて珍しいな、と思った。

パソコンの電源を落として荷物をまとめたら、終了だ。

『お疲れさまです』と課長に声をかけようとしたら、彼も立ち上がって帰る準備をしていた。

「俺も帰るから、駅まで一緒に行くわ」

「えっ？」

なんだ？　何か、不自然だ。

高見課長は愛妻家という噂に違《たが》わず、接待で遅くなる時以外は大抵、意地でも業務時間内に仕事を終わらせ、いそいそと帰路につく。

「課長……どうかしたんですか？」

「ん？」

「奥さんと喧嘩でもしました？　だったら、なおさら早く帰ったほうがいいですよ。仲直りは早いほうがいいんですからケーキでも買って、ほらほら早く」

そう課長の背中を押したつもりだったのだが、課長は一瞬、意味がわからないというようにきょとんとした。

「違うんですか？」

「ちげーわ！　うちはラブラブだし、喧嘩はしないの！　たまに俺が怒られたりはするけど」

高見課長のところは、どうやら〝かかあ天下〟というやつらしい。

「鬼嫁ですか？」

「それも違う！　うちの奥さんはすごい優しいし綺麗だし、たまに口は悪いけど、そこも可愛くて」

いや、それは聞いてないけども。

のろけに発展しそうなので、少々語尾に被せるように言い返す。

「じゃあ、なんなんですか？　なんか変ですよね？」

「え、いや、そんな、ことは」

「……気のせいなら、まあいいですけど。今日は東屋くんと忘年会の下見に行くので、待ち合わせしてるんです」

「あっじゃあ、その待ち合わせまで一緒に」

「だからなんで⁉」

子供じゃあるまいし！

多少暗くなったって、駅までの道なら人通りも多いし、しかも今さらだ。暗くなってから帰ることなんて、度々ある。

オフィスの出入口付近で睨み合い。

「えーっと、うーんと」と言葉を探す高見課長は、やがて諦めたように深いため息をつく。

「だから俺、黙っておくの苦手だって言ったのに。部長、無茶振りすっから」

「え、部長？」

「『気にしそうだから、西原には悟られないようにそれとなく』って言われてたんだけどさ」

後頭部をかきながら、高見課長は部長に頼まれたのだと自白した。二日前、出張に出る前日のことらしい。

個人ロッカーにコートだけ取りに行って、高見課長と駅までの道を歩く。

その道すがら、話してくれた。

「『理性と道徳をどこかに落としてきた猿がうろついているから、社内でひとりにならないように見といてやってくれ』って」

驚いて噴き出すところだった。

「部長、そんなこと言うんですか⁉」

「あの人、たまに面白いこと言うよ。たまにだけど」

驚いて大きな声をあげてしまった私に、高見課長もおかしそうに肩を揺らして笑う。

「たまにって」

「そう、たまに。仕事中は堅い顔してること多いけど、飲んでる時とか結構、しょうもないことで笑うし」

「あ、案外笑い上戸ですよね」

しょうもないことかどうかはともかく、ふたりで話していると結構笑ってくれる。

最近発見した部長の一面を、高見課長の話の中でも見つけることができて、少し嬉しくなった。

「そうそう。で、さっきみたいに毒舌になる時が面白い」

そこは知らなかったけど。ぜひ一度、その毒舌なセリフも部長の声で聞いてみたい。

「……にしても、西原も災難だな、厄介なのに目ぇつけられて」

部長の話でひとしきり笑ったあと、高見課長は不意に話を戻した。

「園田ってさ、まだ新入りだった頃から評判悪くて……まあ、女絡みで。でも、ここ数年は大人しかったんだけどなあ。困った奴だな」

高見課長は頭をかきながら、顔をしかめる。

確かに、当時そんな噂をちらりと聞いたことはあった。

だけど、私と会っている時はそんな素振りは少しも見えなかったし、いつのまにか私も忘れてしまうほど彼のことを信じていた。

多分、最近の数年は私と付き合っていたから、表面上大人しく見えたんですよ、私と同じように周囲も騙《だま》されてたんですよ……と、若干遠い目で進行方向を眺めた。

「なんか嫌なことでもされたか？」

「いえ、ちょっと給湯室で絡まれただけで。その時部長が気づいてくれたから」

「ああ、だからか。部長がかなり気にかけてたから」

「そう、ですか」

私はうつむいて、片手を口元に当てて隠し、下唇を噛む。つい、頬が緩んでしまうのを止められなかった。心の奥から温かい感情が滲《にじ》み出て、顔まで熱くなってくる。

出張でいない間、課長に頼んでおくくらい心配してくれていたのだ。もしかしたら普段から、ずっと目を配ってくれていたのかもしれない。

ヤバい、嬉しい。それだけでときめいてしまう自分がいる。かといって東屋くんのことも、嫌いにはなりきれないままでいる。私って、節操がないのだろうか。

部長は、私に男を選べって言うけれど、選ぶって、そもそも何？　好きってどういうことだろう、とひどく根本的なところからわからなくなってくる。

「あ、ちょっとごめんな」

「はい」

あと少しで、東屋くんとの待ち合わせ場所に着こうという時だった。

高見課長のスマホの着信音が鳴った。画面を目にした途端、課長の目が輝いたので『あ、奥さんだ』とすぐにわかった。

「はい、はいっ。大丈夫、オムツっすね。ドラッグストア寄りますよ」

奥さんと話すその横顔は、職場で見るのとはちょっと違って、敬語でしゃべるところとか『やっぱ鬼嫁じゃないのか？』と思うけど。オムツを買ってこいと言われているのに、すごく嬉しそうな顔で本当に好きなんだなあと、傍目にも伝わってくる。

私の〝好き〟は、一体どこにあるんだろう。

すっかり、迷子状態だ。それに見つかったところで、高見課長と奥さんのように両想いになれるかどうかは、自分の気持ちを確かめる以上に難しい。

両想いって、まるで奇跡のような事象だと思ってしまうのは、私がまだ失恋のダメージから立ち直れていないからだろうか。

東屋くんとの待ち合わせ場所である時計台に着き、周囲を見回した時だった。

「さよさん！」

前方から声がして、東屋くんが走ってくるのが見えた。

そこで『無事に引き渡し完了』とばかりに、課長が片手を上げる。

「じゃあ、俺は帰るからな」

いそいそとその場を去ろうとする高見課長に、慌てて声をかける。

「あ、高見課長！　ありがとうございます！」

「おお、部長には『無事に東屋に引き渡した』って報告しとくから」

「え、あ、いや。それは」

ど、どうなのかな、わざわざ言わなくてもいいような！

言葉に困っている間に、高見課長は私と歩いていた時よりも、明らかに軽やかな足取りで帰っていった。

「なんで高見課長と一緒に？　部長に報告って？」

「えっと、なんか」

「なんです？」

「部長が、気にかけてくれてたみたいで。ほら、私前に園田に絡まれた時、助けてもらってるから」

「ふーん」

たらーっと首筋に汗が流れた。

明らかに、東屋くんの声が拗ねている。

「さよさんも大変ですね。園田みたいなのに好かれちゃって」

「好かれてるとかじゃないでしょ、声かけやすいからでしょ。……私ってそんなに軽く見られてるのかなあ」

そんなに流されやすそうに見えるのだろうか。外見？　雰囲気？　見るからにふわふわして頼りない感じなのだろうか……。だったら明日から、黒縁眼鏡《めがね》にひっつめ髪で出勤しようと思う。視力二・〇だけど。

「何言ってんですか。そんなわけないでしょう」

「え？」

「さよさんの、一体どこが声かけやすいんですか。俺にも部長にもガードされて、そのうえでまださよさんにまとわりつく理由なんて、ひとつしかないじゃないですか。それにしたって、図々しい話ですけどね」

東屋くんは憤慨している。

だけど、彼の言う『理由』が思い浮かばない。首をひねる私の頭を、東屋くんが呆れた顔で軽く小突いた。

「愛情……とまでは言いませんけど、執着してるんですよ、さよさんに。今さら手放すのが惜しくなったんじゃないですか？」

「……執着？」

「そうでしょ。じゃなきゃ、もっと気軽に手を出せるところいくらでもありますよ。わざわざ社内でなくても」

そ……うなのかな？

決して嬉しくはないけれど、複雑だった。っていうか、いや待てよ。

「あれ？　愛情じゃなく執着って……余計面倒じゃない？」

綺麗さっぱり忘れられるのも癪《しゃく》に障るが、〝執着〟ってちょっと面倒臭いうえに響きがホラーに感じる。

「やっとわかってきました？　気をつけてくださいよ、ほんと」

「う、うん……ありがと」

「いーえ。そんなくだらない奴のこと話すより、早く店に行きましょうよ。ちゃんと予約取っといたんです。早く」

急かすように、すっと手を握られた。『あ』と一瞬戸惑ったけど、そのまま強引に連れられてしまった。


お酒の種類が豊富な店の中で、東屋くんが一番最初に目をつけていた店だ。飲み放題プランでも、女子が喜びそうなチューハイのジュース割りなどの種類が多く、果実酒なども選べる。

カウンターで店主と交渉しながらの食事だったが、料理も華やかで美味しい。『大人数なら料理を一品サービスする』という店主の言葉で、即決となった。

日程が迫っており、予約もすでにたくさん入っている様子だったが、かろうじて大座敷がひとつ空いていたので助かった。

「よかったね。料理はこれだけあれば、足りるよね？」

「充分でしょう。足りない連中は個人でオーダーしてもらえばいいし」

無事に店を予約して、駅までの帰り道。平日ということもあり、飲みに出る人も少ないのだろう、繁華街といえども閑散としていた。

「無事にお店も決まったし、ちょっとほっとしたね」

「ほっとしましたけど、またさよさんと食事に行く口実を見つけなきゃ」

ぶつぶつと企みを明け透けに声に出す彼には、ほとほと呆れるが、なんだか憎めない。正直、嫌なことをしないなら別に食事くらい、という気持ちはある。

ぽろぽろと口説き文句のようなことを言ってくるけれど、強引なことはしないと約束してくれたし、今のところちゃんと守ってくれている。

ただ、東屋くんの気持ちを知ったのに、『食事くらい』と口にしてしまうことはためらわれた。

なんとなく言葉が出ないまま、人もまばらな繁華街を歩いて、最初に待ち合わせた時計台に着く。

その時、隣を歩いていた東屋くんと、手の甲同士が触れ合った。

『あっ』と気づいて、ほんの少し遠ざけようとした指先を、絡めて握られる。その小さな接触だけで、急に私と彼のまとう空気が変わった気がした。

「東屋くん、手……」

「今日は」

「えっ？」

「家まで送りたい」

彼は甘えるような声で言うと、前方に向けていた視線を、そっと私のほうに移す。落ち着かなくて指をほどこうとしたけれど、離してくれなかった。

「心配だから送らせて。ちゃんと」

「で、でも」

「あいつ、家まで押しかけてきたりしない？」

そう言われて、一瞬丸め込まれそうになる。今まではなかったけれど、そういう日があってもおかしくはない。

鍵を渡していなかったことだけは救いだけれど。できれば園田が、最低限の常識くらいはわきまえていることを祈るばかりだ。

「そんなの、今日に限らずいつだってそうだし。そんなこと言ってたら、生活できないよ」

「さよさん」

「職場でいつも気を配ってくれてるだけで、充分」

「それだけじゃあ足りないの、俺が」

きゅっと絡まる指が強くなる。

「お願いだから、俺に守らせて」

真剣なその眼差《まなざ》しに、くらっと心が揺らいだ。

悪い人じゃない。本当はとても優しい人だと思う。女の子の扱いもうまそうで、何より私を『好きだ』と言ってくれた。この気持ちを受け入れれば、彼はきっとその言葉通り、毎日でもそばにいてくれるのだろう。私を守ってくれるんだろう。

「さよさん」

ダメ押しのように名前を呼ばれ、とくんと胸が高鳴った。流されそうになったその瞬間だ。

――『西原』

不意に思い出された声に、踏みとどまった。

耳に響く涼やかな声。額を当てられて間近に見た、長い睫毛と綺麗な目の形が脳裏に浮かぶ。

『ちゃんと、お前が選べ』

そう、記憶が私を諭《さと》した。

「東屋くん」

「お願い。さよさんを、守れる立場にいたい」

懇願するような東屋くんの声に、今度は毅然と頭を振った。

応えちゃいけない。『守って』と私が甘えていいのは、きっとこの人のことを『好きだ』と判断した時だけだ。

「ありがとう、ほんとに」

今はその時じゃないのだ、とゆっくりと彼の指をほどいた。

「ほんとに、大丈夫だから」

そうして、ぽんと彼の腕を叩く。同僚同士のやり取りのように、あえて明るくまっすぐに彼の目を見た。

立ち尽くし、見つめ合ったのは数秒。

「そうですか」

小さな声で返事があった。寂しげな微笑みで、手がいつまでも私の指を捕まえていた時のまま動かなかった。

東屋くんのすがるような目が、つらい。胸が苦しくなったけど『ごめんね』と謝るのはいけないことのような気がした。

「じゃあね」と駅でそれぞれの方面のホームに向かい、振りきるように電車に乗って、やっと彼から逃れる。それでもなぜか落ち着かなくて、座席は空いているのに、ドアの近くに立ったままだ。

微《かす》かに手が震えている。怖かったわけじゃないけれど、誰かの好意をこんな風に無下にするのは初めてで、勇気がいった。

早く帰ろう。帰れば、落ち着くだろうか。

外気を伝える冷たい窓に頭を押しつけると、深呼吸する。

その時、バッグの中のスマホが一瞬震えた。

「……あ」

遠慮がちに、ほんの数秒鳴らされた着信音。

今は止まったスマホを握りしめて、家の最寄り駅に着くのを待つ。

着信表示に映し出されていたのは、藤堂部長の名前だった。普段、こんな風にプライベートな時間にかかってくることはない。よほど急ぎの、仕事の連絡がある時くらいだ。

今日もそうなのだろうか？　いや、そうじゃない気がする。

電車を降り、急ぎ足で改札を出て、隅のほうで一度立ち止まった。

……かけ直していいよね？

コールはほんの少しの間だったから、もしかしたら間違えてかけて、すぐに気づいて切った、とかかもしれない。

ドキドキして、すごく些細なことが気になって躊躇してしまう。いや、でも、着信は残ってるんだから、かけ直すのが当たり前だ。

思いきって画面をタップして、第一声に何を言うか迷っているうちに、すぐに通話に切り替わる。言葉が出ずにいると、名前を呼ばれた。

『西原？』

さっき、脳裏に蘇ったあの声だ。

耳に心地よく響く、藤堂部長の声が好きだ。

「はい、部長……お疲れさまです」

『ああ、お疲れ』

短い言葉のやり取りだけで伝わってくる。穏やかな声と優しい口調が、かけ直してよかったのだと教えてくれる。

「あの、さっき。お電話いただいてましたよね？」

立ち止まっていた足を、家に向かって進め始めた。

『ああ、高見から連絡があって』

「あっ」

ぽんと頭に浮かんだ言葉が、口をついて出た。

「猿は出ませんでしたよ」

『ぶふっ』

スマホの向こうで、噴き出したような声が聞こえた。

笑ったようだけど、何か飲んでいる途中だったのかもしれない。その後、ゴホゴホと咳き込む音が聞こえたから。

「だ、大丈夫ですか？」

咳はすぐに、喉を鳴らす笑い声に変わった。

『……苦しい』

「ええっ⁉」

『腹いてぇ……そうか、猿は大人しくしてたか』

楽しそうな声を聞いていると、私もおかしくなってきて、クスクスと含み笑いがこぼれる。

「ありがとうございます」

『ん？』

「部長が、気にかけてくださってた、って課長から」

『……ああ、いや』

部長が口ごもるのが伝わった。そして、互いに言葉が続かなくなる。

……まさか。照れているのだろうか。

最近何かと私を翻弄する部長を思い出すと、まさかそんなわけはないだろうと思う自分がいるけれど、電話越しの部長の様子が無性に知りたくなってしまった。

『……店は決まったのか？』

「あ、はい。今日行った店で即決しました。いいお店でしたよ」

仕切り直しとでもいうように、突然話が切り替わる。

やっぱり高見課長は、私を東屋くんに引き渡して、私たちが店探しに向かったことまで報告したんだな、と気がついた。

『そうか。会費とは別で、船盛でもデザートでもいいから人数分、頼んでおいてくれ』

「あ、ありがとうございます、いつも」

部長や課長合わせて、上司の方々からの差し入れが毎年必ずある。もしかして、それを伝えるためにかけてきてくれたのだろうか？　でも、別段急ぐ内容でもない。

「お料理は品数が多いので、デザートにさせていただいていいですか？　あ、でも男性陣はお料理のほうがいいかなあ、それか飲み放題に含まれていない、ちょっといいお酒とか」

『女性陣を喜ばせておいたほうが、場は丸く収まる』

ふ、と吐息のような笑い声が、ふたり同時に生まれた。

急ぎでもなんでもない連絡事項。その事実が、とてもくすぐったい。

「駅で別れました。すみません、さっき電話いただいた時は電車の中で」

『東屋は？』

『今は、まだ外？』

「はい。うちまであと……五分くらいのところです」

本当は、いつもの速度で歩いていれば、もうそろそろ着くところ。吐く息は白くなって空に昇るのに、少しも寒さを感じない。

『じゃあ、あと少し話せるな』

そう言った藤堂部長の声に、私の歩幅はまた、小さくなった。

逃げ遅れたな

昼休憩から仕事に戻っているメンバーにコーヒーを配って、最後に部長のデスクに近づく。

「部長、ここに置いていいですか?」

「ああ、ありがとう」

デスクの邪魔にならない辺りを選んで、そっとカップを置く。

部長はすでに、午後からの仕事の整理を始めていた。

十二月は、年末年始に向けて仕事が増える。部長に限らず、営業部全体が忙しい。

それは毎年のことだけど、今年はほんのちょっとだけ違うことがある。

部長とはあの夜の電話をきっかけに、時折電話で話すようになった。毎日ではないけれど、業務連絡を織り交ぜて、他愛のないことをほんの数分話している。

『なんで?』なんて、怖くて恥ずかしくて聞けない。聞いてしまってかかってこなくなったらと思うと怖いし、その電話を待ってしまっている自分が恥ずかしい。

仕事を終えた、駅からの帰り道。

今夜は一段と寒く、ちらちらと白いものが舞い始め、ふるりと身体を震わせてマフラーに顔をうずめた。

小走りでマンションの前まで来た時。エントランスのすぐ近くに、とある人影が見えて、咄嗟に電柱の影に隠れた。

……園田？

もう一度、そろりと顔だけ覗かせてじっくり見ると、確かに園田だった。

仕事の疲れにプラスして、どっと気持ちが重くなる。

あの人、本当に何を考えているんだろう。

なぜここにいるのかはわからないが、ろくな用件じゃないことは間違いない。ただ、問題なのは、このままでは家に帰れないということだ。目の前を突っ切って無視して家の前に辿り着いても、玄関先で押し入られたら最悪だ。

「……どうしよう」

とりあえず一度駅まで戻ろうかと思っていると、突然バッグの中でスマホが鳴った。

「わ……！」

思わず声が出て、『しまった』と慌てて踵を返す。その瞬間、園田と目が合ってしまったような気がした。

怖くて振り向くことができないまま、小走りで駅へと向かいながら、スマホを手に取る。着信表示の名前に、泣きたくなるくらいにほっとして。

「部長っ！」

『西原？　どうかしたか？』

つい切羽詰まった声で、電話に出てしまった。

かけてきたのは部長のほうなのに、第一声が私を気遣うものだったのは、そのせいだろう。

「あの」

助けてください部長、猿が！　……と言いかけて、言葉に詰まる。『助けてください』などと、甘えてしまってもいいものか、ためらったからだ。

「えっと、なんでもない、です」

『西原？』

しどろもどろになってしまった私を、訝しんでいるのがわかる。駅までの道を走りながらで、どうしても息が切れる。多分、全部電話越しに伝わってしまっている。

『……まだ外なのか』

「あ、はい」

『家に帰る途中？』

「その……駅に向かってて」

『なぜ？』

「……園田さんが」

嘘をつくのも変な気がするのと、やはりひとりでは心細いのに負けて、ぽろっと話してしまった。助けてほしいというよりも、今はこのまま電話を切らないでほしかった。園田がたとえ近づいてきていたとしても、電話中なら迂闊《うかつ》なことはしないだろうと思ったからだ。

つい後ろから来る足音に、敏感になる。時折ちらりと振り向いて、園田らしき人影がないことに安堵しながら先を急ぐ。

この辺りは昼間は人通りがあるのだが、夜になると閑散としたものだ。それがなおさら、心細さを加速させる。

『このまま、電話を切るなよ』

部長も私と同じことを考えてくれたみたいで、心底ほっとして涙が出そうだった。これでしばらく話をしながら駅まで出られれば、なんとかなる。

「はい、ありがとうございます」

『なるべく人通りの多い道を歩いて、駅の目立つところに立て』

「はい」

『……ろくでもない猿だな、あいつは』

電話越しに呆れたような声と、長いため息が聞こえた。

「……あはは」

ほんとに。これから子供が生まれて幸せな家庭を築いていく人が、私なんかにいつまでもこだわって、一体どういうつもりなんだろう。

「あの。園田さんって、もともとああいう人なんですか？」

『入社してから数年は、女癖の悪さで有名だった』

「……そうですか」

やはり高見課長の話も当時流れていた噂も、本当だったのか。

自分の、男を見る目のなさにも、ほとほと泣きたくなる。園田を好きでいた過去の日々も、ひたすら虚しい。彼と面と向かうと、その虚しさに拍車がかかってしまいそうで、だから関わりたくないのもある。

『西原が入社する前の話だ。お前は知らなかったかもしれないな』

事情を知らないはずの部長の声が、まるで私を慰めてくれているような気がして、少し気分が救われた。

それからぽつぽつと他愛ない会話をしていると、次第に駅の灯りが見えてきた。周囲に人も多くなって、少し肩の力が抜ける。

「部長、ありがとうございました、駅に着きました」

あとは、どこか暇を潰せる店か、泊めてくれそうな友達でも探そう。そう考えて、部長にお礼を言って電話を切ろうとしていたのだが。

『どこだ？　目立つところにいろ』

「え？」

『俺ももうすぐ着く』

え？　もうすぐ着く……って？

その言葉に、周囲を見回す。

たくさん人はいるけれど、見当たらない。駅前のバスロータリーの隅は見通しがいいので、そこに立って再び視線を巡らせる。

「あの、部長？」

『どこにいる？　……ああいい、わかった』

そんなセリフと同時に、通話が途切れた。

まさか……と思う。電話が繋がってから、まだ五分ほどしか経っていない。

だけど、部長の家の最寄り駅とはひと駅違いだ。

とくとくとく、と心臓が期待して激しく跳ねる。

そんな私の目の前に、黒いセダンが停車した。

「西原」

「部長？　なんで……」

車から降りてきたのは、確かに部長だった。最初は険しい表情だったけれど、私と目が合うと、ほっとしたように少しだけ眉間の皺を緩める。

「ちょうど家に着いたところで、まだ車の中にいた」

スーツ姿のままで、言葉通り帰ってすぐだったのだろうけど、聞きたいのはそういうことじゃなくて。どうして、来てくれたんだろうってことだ。

目の前に立つ部長の口元から、白い息があがる。

それを呆然と見上げていると、哀しいわけじゃないのに泣きたい衝動に駆られた。

……ちょっと、怖かった。

こんな風に、何も言わずに助けに来てくれたことが嬉しくて、言葉も出ない。

よほど心許ない顔をしていたのか、部長が私の頭に手を乗せる。

優しく、力強い目で、『もう大丈夫だ』と伝えられた気がした。

「冷えてるな」

私の髪を撫でる手が、ゆっくりと後頭部に回る。視線を絡ませながら引き寄せられるのを感じても、抵抗しようなんて少しも頭に浮かばなかった。

反応を確かめつつ私の頭を抱き寄せる片腕に、確かな安心感を得る。途端、ほうっと力が抜けて、すぐに手がカタカタと震えだした。確かに、身体は冷えきっていたらしい。

……甘えていいのかな？　わからないけど、今は……もう少し。

すり、とスーツの胸元にすり寄れば、もう片方の腕も私の背中に回り、両腕でしっかりと、苦しいくらいに強く抱きしめられた。

温かい。布越しに伝わる部長の体温は、心の奥まで溶かしてしまうような温もりだった。

「……部長」

「ん？」

「ありがとうございます……」

ぎゅっと抱きしめられるままに身体をゆだねてそう言うと、ふ、と部長が笑った気配がした。

「礼を言われるほどのことじゃないが、西原」

「はい？」

「そろそろ車に乗ろうか。……お前が気にならないなら、こうしていてもいいんだけどな」

『どういう意味だろう』と考えて、はたと思い出す。そうだ、ここは駅前で、あえて人目につく場所にいたのだった。

ばっと慌てて顔を上げて周囲を見回すと、たくさんの人がこちらにちらちらと視線を向けながら通り過ぎていく。それだけじゃなく、停車中のバスの乗客まであからさまに私たちを見ていた。

「悪目立ちしてるな。ほら、早く」

「は、はいっ、すみませんっ！」

ひぃ！　恥ずかしい！

部長が助手席のドアを開けてくれて、私なんかが助手席に座っていいのかとか悩む余裕もなく、車の中に逃げ込んだ。

すぐに運転席に乗り込んだ部長に、「すみません、すみません」と謝り倒しているうちに、車が発進した。

「食事は?」

「あ、帰る前に軽く食べてしまって」

「そうか、俺もだ。この時期は誰も似たようなもんだな」

帰って自炊する気力も萎《な》えるほど、この時期は忙殺される。なので、適当な店で食べて帰るか、コンビニ弁当に頼ることが多かった。

つまり、今この場において、私も部長も食事で時間を潰そうという選択肢がないということだ。

……ど、どうしよう。車に乗せてもらってしまったけれど、まだ家に送られるのは怖い。

じゃあどこに……と考えても、行く場所がない。車内という密室で部長といつまでもふたりきりというのも、ドキドキしすぎて心臓がもちそうにない。

それなのに。

「……じゃあ、うちに来るか」

信号でキキッと車が停まったと同時に、私の心臓も一瞬止まった。

「え……え？」

「すぐそこだ」

「や、でも、そんな迷惑は」

部長はハンドルに両腕を預けて、私の顔を覗き込む。その笑みは夜の気配に演出されて、とても艶やか。

違う、意味深に捉えたらダメだ。『園田がいるから今日は避難するか』と、それだけの意味だ。

わかっているのに、その艶っぽい笑みがどうしても余計な想像を上乗せしてしまう。

「別に迷惑だとは思ってない」

「あ、の」

「冗談だしな」

「あ、そう、冗談……冗談っ⁉」

見ると、部長は顔を伏せて、くっくっと肩を揺らして笑っている。

「からかった……」

「お前があんまり固い顔してるから、つい」

くくく、と部長の目尻に涙が浮かぶ。

私のほうこそ泣きそうです。心臓が止まったり走りだしたり、健康被害が出そうです。私が不整脈になったら、それは絶対部長のせいだ。

「冗談はさておき」

どうやら本当にからかわれていたらしい。

信号が青に変わって、車を発進させながら部長の手がくるくるとハンドルを切る。

「とりあえず、西原の家に行こう」

「え？　でも、まだいたら」

「いれば好都合だろう。俺が話をする」

部長の提案に、驚いて目を見開いた。

「えっ、そんな！　部長にそんなことさせられません！」

「だがこのままなら、これからも同じことが続くかもしれないだろう？」

「それは……」

確かに、その通りだけれど。こんな風につきまとわれるなら、できるだけ早いうちに引っ越そうかという選択肢も頭をちらつく。だけどそれにしたって、明日急に引っ越しできるわけではないのだ。

「大したことじゃない。とにかく一度、行ってみるぞ」

本当に？　部長にそんなこと、頼んでしまっていいのだろうか。

とはいえ悩む間もなく、車は私のマンションの前に着いてしまったのである。

「いないみたいだな」

車を路肩に駐車して部長が車を降りたので、私も慌ててあとを追う。

マンション前にはもう、園田の姿はどこにもなかった。

「園田の姿を見つけて駅に引き返す時、目が合った気がするんです。私が逃げたの、わかったのかも」

何も解決はしていないのだけど、部長に変な話をさせずに済んだのもあり、とりあえずほっとした。部長と一緒に玄関の前まで行ってもらったけれど、そこにもやっぱり誰もいなかった。

「家の中は？」

「大丈夫です。合鍵は渡していなかったし……」

言ってから、『しまった』と気がついた。これでは『付き合っていました』と、暴露したようなものだ。

気まずくなって、言葉が続かないままうつむく。

だけど部長は「そうか」と短い返事をひとつしただけで、それ以上は何も聞いてこない。

やはり給湯室での会話を聞かれていたのだろうか、それとも察してしまったのかもしれない。そもそも、これまで無関係ならこんな風につきまとわれていること自体、不自然な話なのだから。

観念して、ため息をつく。ここまで迷惑をかけておいて、何も説明しないのももう不自然だし、失礼だと思った。

「……付き合ってたんです、以前」

「そうか」

「今は、ちゃんと別れてます」

「わかってるよ」

柔らかい、穏やかな声にほっとして目線を上げる。そしたらまた、私は部長のとろけるような熱い視線に捕まった。

この目に見つめられると、いつも胸の奥が苦しくて仕方なくなる。

じわっと涙の滲んでしまった目を見つけられると、部長の眉がひそめられ、さっきの冗談がぶり返される。

「……怖いなら、うちに来い」

「あ、いえ！　違います、これは」

慌てて両手を振って、笑う。ついでに目尻も拭った。

現金なもので、怖いなんて感情は部長が来てくれたことで、綺麗になくなってしまっている。

「安心しただけです。大丈夫です、もう。すみませんでした、来ていただいて」

心配してくれたことが照れ臭くて嬉しくて、口元が緩んだ。

ああ、だけど、このままだと部長はすぐに帰ってしまう流れだ。

そう気づけば、寂しさがつい引き止める言葉を探す。

『よかったら、コーヒーでも』

浮かんだそのセリフは、あからさまに誘っているようにも思えて、ためらった。だけど多分、目だけはどうしても、すがってしまっていたのだろう。

部長の表情が、ふっと真摯《しんし》なものに変わる。こく、と喉が鳴ったような音が聞こえたのは、気のせいだろうか。

ゆるりと部長の手が伸びてきて、私の前髪に触れた。それから横髪を撫で、耳の辺りで止まる。

肌には触れるか触れないかくらいの、そのギリギリの手のひらから熱が伝わってくるようで、知らず知らず吐息が漏れた。

あったかい。

部長の手は、すごくあったかい。身をゆだねるかどうか以前に、それだけで溶けてしまいそうで、つい恍惚《こうこつ》と目を細めた時だった。

「……西原」

名前を呼ばれたと同時に、部長の真剣だった表情がふっと柔らかく微笑んだ。

「……はい」

「寂しいなら、添い寝してやろうか？」

そのセリフと同時に、ぴんっと額を指で弾かれた。

「いたっ」

弾かれた額を手で押さえ、パチパチと瞬きをする。

完全に浸ってしまっていた甘い空気から強制的に引き上げられ、見上げる部長の表情は少し意地悪なものに変わっていた。

今、部長、なんて言った？　そいね。ソイネ？　……添い寝。

「そっ……そいっ……」

あわあわと口が動くだけで、まともな言葉が出てこない。

顔の熱が上がって汗が噴き出す私を、部長が苦笑いで急かし始めた。

「そんな顔、俺以外に見せるなよ。鍵はどこだ?」

「そんな顔って、どんな……あ、はい。鍵……」

早く早くと促されているようで、考えもままならないままバッグの中から鍵を取り出す。

「誘っているようにしか見えない。ドアを開けて、逃げろ。早く」

「さ、さそっ……! 違、え? 逃げ? 誰から?」

「俺からだ」

急かされながら、慌てて玄関の鍵を開けた。

『なんの話だろう』と首を傾げながら、ドアを開けて振り仰ぐと、ドアに手をかけた部長が私に向かって腰を屈めていた。

その、あまりの近さに驚いて私の息は止まる。部長の少しいたずらっぽい笑みが、視界いっぱいになるほど至近距離にあった。

「逃げ遅れたな」

『だから、誰から?』と問う暇もなく、頬に柔らかい感触が触れた。

ちゅっと一瞬吸いつかれると、すぐに離れていってしまう。

何ひとつ反応できないうちに、ドアが徐々に閉まっていく。

「何かあれば電話しろ。近いからすぐに来られる」

その言葉を最後に、ドアがバタンとふたりの間を隔て、私は急に足の力が抜けてへなへなとその場にくずおれる。

コンコンと鍵の辺りでノックがあった。

『鍵をかけろ』という意味だと察し、慌てて手を伸ばして施錠すると――。

「おやすみ」

ドアの向こうで、声がした。

足音が遠ざかっていくのを聞いていると、先ほどまで停止していた思考回路がゆっくりと機能し始める。

「……キスされた？」

頬に触れた柔らかいもの。同じ場所に指で触れようとして、ためらった。

『そんな顔』って、私は一体どんな顔をしていたんだろう？　『誘ってる』って言われた……。『俺以外に見せるな』って、どういう意味？

触れた場所から再び熱が上昇し、私は玄関の土間でいまだにうずくまったまま立てずにいた。

「えええええええええ⁉」

部長、なんで頬にキスなんかするの⁉　ほんとに部長は私のことを……なんて、真に受けてしまいますよ⁉　こんなことされたら……部長を好きになってしまう。それでもいいんですか？

部長曰く、逃げ遅れたらしい私は、しばらくそのまま骨抜きにされていて身動きが取れなかった。『おやすみ』と言われても、とてもじゃないがおやすみなんてできそうになく、結局朝方まで眠れなかったのである。

好きの在り処《か》

園田からは逃れられたが、ある意味部長に瀕死状態まで追い込まれたあの日以降、帰り道での電話は毎日の習慣になった。

部長からももちろんかかってくるけれど、それ以外にもタイミングが合わなければ望美に電話してみたりほかの友人にかけたりと、家に着くまでは必ず誰かと話している。部長から念押しされたからだ。

あと、もう忘年会の準備も終わったことだし、飲みに行かずに早いうちに家に帰るようにした。そのおかげか、あれ以降、家の周りで園田の姿を見かけたことはない。念のため、引っ越しも視野には入れ始めているけれど。

だけど、目下私の頭を悩ませているのは、その件ではなかった。

部長だ。私は本当に、部長から〝逃げ遅れた〟のかもしれない。顔を見るたび、どんどん普通じゃいられなくなる。

少しずつ、少しずつ。いくつもの事象を積み重ね、そのたびに溢れる感情を自覚させられていた。

同時に、怖くなってきたのは腕時計の主を確かめることだった。

私の想像と違ったらどうしよう。私は一体、誰とキスを交わしたんだろう。

腕時計を手に取るたびに、じわじわと胸が苦しくなる。あの日、確かに私を慰めてくれたキスの記憶が今、重くのしかかっていた。


忘年会当日は、とにかく仕事が忙しくてバタバタだった。私と東屋くんはそれでもなんとか定時きっかりに業務を終わらせ、会場である居酒屋に向かう。会社の最寄り駅のすぐそばで、集合するのにも帰宅するのにも、便利な場所だ。

私たちはひと足先に向かっているけれど、ほかの社員は定時から三十分後に集合する予定だ。今のところ、遅れると連絡があったのは藤堂部長のみ。

「さよさん、終わったら打ち上げ――」

「しつこいぞ、東屋」

「うわ、断り方に遠慮がなくなってきた」

東屋くんの、断っても断ってもめげないところはある意味厄介で、ある意味救われる。冗談で済ませてくれるのが彼なりの心遣いなのだとも思え、結論を言わせない逃げのようにも聞こえた。

彼は、ズルくて賢くて、優しい。

「今、十五分前。もうちょっとしたら、皆集まってくるね」

店の前に着いて、スマホで時刻を確認する。あの腕時計は身につけてこなかったけれど、バッグの中に忍ばせてあった。

顔を上げて、ずっと遠くのほうに目をやると、赤い観覧車が見える。この道をまっすぐ行くと、この周辺よりもひと際賑やかな商業施設に辿り着き、あの夜のバーもその辺りにあるはずだった。

あの夜の私に会えたら、『泥酔しないでさっさと帰れ』と言ってやるのに。そしたらこんなに、あのキスの相手の正体に怯《おび》えることはなかったのに。


思った通り、十分前頃から人が集まり始め、開始時刻に若干遅れはあったものの、藤堂部長以外が揃ったところで乾杯の合図となった。

「飲み放題で飲めるお酒のメニューは、これだけですよー！　それ以外は、個人会計でお願いします！」

アルコールメニューを回しながら、おかわりなどのオーダーを聞いていたが、それも最初だけだった。料理が順に揃い、会が盛り上がってくると、やがてそれぞれが勝手に頼み始めた。こうなると私も東屋くんも、やっと落ち着いて食べ物にありつける。

部長はまだ来ないから、料理を少し取り分けておかないとなくなっちゃいそうだな。

やや大きめの取り皿を店員にお願いして、料理を少しずつ取り分けていると、営業の男性陣と話していた望美が私の隣に戻ってきた。

「さよもお疲れさま」

「ありがとー」

互いにグラスを持ち上げ、カツンと鳴らす。

「東屋くん、いじられてるねー」

望美の視線の先には、女性陣に囲まれてあれやこれやと絡まれている東屋くんの姿がある。

その大半は、冗談半分のいじりのようだけれど。

「で、どうなってるの？　最近忙しくて話聞けなかったけど」

「どうって？」

「わかってるくせにー」

ニヤニヤ笑って私の表情を窺《うかが》う望美から、逃れるように視線を逸らす。

「皆忙しかったのに。そんな進展あるわけないでしょ」

「なーんだ」

望美はつまらなそうに、お酒を呷った。

ほんとは、ちょっといろいろあったけれど……こんなところで話せる内容ではない。

「……近々、話せるように、する」

「おお……」

「うん」

「いよいよ、時計の持ち主の捜索開始か」

「うん」と頷いた。

私は今夜、行動することに決めている。

私よりも、望美の目がキラキラしていることが気になるが、なんだかんだと面白がるフリをしながらも、心配してくれているのだと……一応信じている。だから、どういう結果であれ、彼女には一番に報告しようと思う。

なかなか来ない部長が気になって、膝に載せたスマホについ目が行く。ちょうど同じタイミングで、部長からのメールを受信した。

【もうすぐ着く】

そわ、とくすぐったい感覚に、いても立ってもいられなくなった。

「さよ？　どこ行くの？」

「え、あ。ちょっと外の空気、吸ってくる」

実はお酒は最初のビール一杯を口にしただけで、あとは飲んでいるフリをしていただけだ。けれど、暖房の効いた部屋と宴会の雰囲気に、少々酔っていたらしい。店の外に出ると、空気の冷たさが心地よかった。

そうして部長が来るだろう方向を見て、ぴきっと固まる。

「さよ」

気づかなかった……園田が煙草《たばこ》を吸いに、外に出ていたなんて。即座にぐるんと回れ右して店内に戻ろうとしたが、その腕をつかまれてしまった。

「待てって！」

「いたっ！」

私を捕まえたまま、園田が吸いかけの煙草を、待ち客用に備えつけられてあった灰皿に押しつける。

「ちょっと。こんなところを見られて困るの、そっちでしょ!?」

「わかってるよ。だからこっち来い」

話が通じているようで通じていない。とても理不尽だ。見られて困る彼の事情に私が付き合う義理はない。

「ちょっ……痛いってば！」

店の中には聞こえなくとも、通りを行く人は何人か振り返った。

隣の店との路地に連れ込まれて、そこでようやく腕を離してもらえた。

「何考えてるの？」

「社内でも話せないし、外でも会ってくれないから仕方ないだろ」

「いや、仕方ないって……」

会うわけないよね。話すことだって、もうないでしょう。

開き直った言い分に、言葉が続かない。

別れ話の時、私に何ひとつ発言させなかったのは、一体誰だ。ショックを受けて放心状態の私の前から、そそくさと消えたのは園田のほうなのに、一体今さら、何を話そうっていうんだろう。

「ほんとに悪かったと思ってんだよ、これでも。……ひどいことをしたと思ってる」

らしくない、申し訳なさそうな表情を、園田が見せたことに驚いた。

態度を軟化させない私にしびれを切らしたのか、園田がここにきて初めて下手に出たのだ。別れ話の時でさえ『悪かったよ』と言いつつも、彼はずっと不遜《ふそん》な態度で、全く謝罪には聞こえなかったのに。

それが今になって、神妙な顔で私にすがっている。

「それは、別れ話に対して？　それとも、ずっと浮気してたこと？　それとも浮気が私のほうで、向こうが本命だったこと？」

イライラして、ずっとくすぶっていたことを初めてぶつけた。

園田は驚いた顔で、数秒黙り込む。

当然だと思う。私は園田に対しては基本従順で、歯向かったことなどあまりなかったのだから。

だけどそれは、彼を信じていたからだ。

「でも、今さらそんなことの答えを聞いたって、何が変わるわけでもないし、私はちゃんと前向きに生きていくし、園田さんを恨んだりもしないから安心して」

だからもう、どいてくれないでしょうか。

興奮して早口でまくし立てた。『冷静に』と努めたけれど、とてもじゃないが平常心を保つことなんてできなかった。

しかも園田は、さらにとんでもないことを言う。

「俺だってほんとは、別れたかったわけじゃねえよ」

……は？

「いや……別れたくなかったって」

「当たり前だろ！」

いや。何が当たり前？

頭の中を、クエスチョンマークが飛び交う。

付き合ってた彼女が妊娠したんだから、ある意味今の状況で当たり前なわけで、そこをどうにかしたいなんて私は言っていないし、思ってすらいない。ほかの可能性なんて、たとえ示されたってあり得ない。

「えー……っと」

あまりにも園田の発言が理解不能で、突如頭痛に襲われた。こめかみを押さえてうつむく。

「……それで、園田さんは一体私とどうしたいの？」

園田の答えを待つ間に、私はこの数年、付き合っていた頃の彼を思い出していた。

恋愛フィルターを取り除かれたうえで、改めて。

優しいところは、ある。だけどワガママなところもあった。プライドが高く負けず嫌いで、独占欲はピカイチ。強引なところを、頼りがいがあると私は思っていた。

「……これからも、さよに会いたい。失いたくないいんだよ」

これまで見てきた園田の性格を踏まえ、綺麗に恋愛フィルターがはがれたうえで聞いた園田のセリフは、うすら寒いものだった。

「いや、それ惜しくなっただけだよね?」

「は?」

「それと私があまりメソメソしてなかったのが、悔しいだけでしょ」

きっぱりと、彼の目を睨んで言った。

知恵なんてなくても、落ち着いて考えればわかる。私が見るからに意気消沈しなかったのが、腹立たしいんだ。

本当は落ち込んでたっつーの! あんたに知られるのが癪だったから、どうにか取り繕ってただけで!

急に東屋くんが言い寄ってきて目立ち始めたから、なおさら惜しくなった部分もあるんだろう。もしかしなくても、業務上の敵対心も含まれていると思う。

「違うって、そんなんじゃ」

「違わない」

「さよ!」

「触んないで、気持ち悪い」

伸ばされた手を、強く叩き落とした。

途端に、園田の顔つきが変わる。

「このっ……」

頭にきたのか、乱暴に肩をつかまれた。殴られるのかと思い一瞬身体が怯んだが、怒りのほうが勝っていた。

こんな奴に怯えた顔は見せたくないし、理不尽に屈服もしたくない。私のほうこそせめて一発、応戦くらいはしてやろうと強く拳を握る。

もう知るもんか、ほかの誰に知られたって騒ぎになったってかまわない。

園田をぎっと強く睨み、足を踏ん張って横殴りの体勢で拳を振り上げた、その時だった。

怒りのままに殴りかかろうとしていた私は、園田の後ろに立った人影に気づいて、ぽかんとしてしまった。

「『ハメを外すな』と言わなかったか？　園田」

地を這うような低い声に、園田の手がぎくりとして私の肩から離れたが、どんな表情だったかは見ていない。

園田よりも後ろに立っているはずの部長が、ものすごく大きく見えた。

「西原」

部長が私をちらりと見たので、思わず「はいっ！」と背筋を伸ばす。てっきり私も怒られるのかと思ったくらい、部長は無表情だった。

けれど、彼から手が伸ばされ、私も手を差し出すと強く引き寄せられて、気がつくと私は部長の後ろに回り込んでいた。

私を庇《かば》うように立つ彼の背中はとても大きくて、私の片手を握ったままの手はとても心強かった。

ほっと力が抜ける。部長の背中に額をくっつけると、響いてくる声にまたひとつ、安心する。

「……いい加減にしとけよ、園田」

「別に、少し話をしてただけじゃないですか」

バツの悪そうな園田の声。

『嘘ばっかり。手をあげようとしてたでしょ、絶対』と頭にきて、部長が握ってくれているのとは反対の手が拳を作る。だけどよく考えれば、今にも殴ろうとしていたのは私も同じだった。

「こんなとこに連れ込んで？」

「人通りの邪魔にならないところにいただけですよ」

「女性にとって、こんな場所で声を荒らげられたら恐怖でしかない。通報されても文句は言えないな」

「はは、冗談言わないでくださいよ、殴りもしないのに」

「手を振り上げただけでも、暴行罪は適用される」

適当な言葉で言い逃れようとしていた園田が、ぐっと声を詰まらせる。

私も部長の後ろで、握っていた拳の力をこっそり緩めてしまった。

部長の重いため息が落ちる。少々諭したところで園田が心を入れ替えるわけがないと、判断したのだろうか。

「園田。九州の新支社設立の話は、当然知ってるだろう？」

不意に無関係の話を振られ、園田は訝しげな表情になる。

「もちろん、知ってますけど……」

「各部署から何名か向こうに行くことになっているのも、知ってるな？　営業部からも即戦力をひとり、送り出すことになっている。お前、候補に名前が挙がってるぞ」

「はあっ⁉」

園田が慌てた声をあげる。

「なんで俺⁉　転勤なら普通、独り身が選ばれるもんでしょう」

「どうせ戦力を持っていかれるなら、素行の悪い者を送り出したいに決まっているだろう？」

「マジかよ」と、小さく呟く園田の声が聞こえる。

「行きたくなきゃ、ちょっとは改めろ。もう遅いかもしれないけどな」

園田の返事は聞こえなかったが、会釈くらいはしたのだろう。

足早に去っていく足音を聞いてから、私はやっと部長の手を離した。

「ま、ほんとはもう遅いんだけどな」

「え？」

部長が私に振り向きながら、肩をすくめて飄々と言い放つ。

「もう決定してる。じきに内示が下りるだろうけど、それまでは秘密な」

「嘘、それって素行のせいで？」

「園田と嫁さんの実家が九州だから。それに、まだ新婚だしな」

「ああ……」

本来なら単身者を選ぶところだけど、園田と奥さんの実家が九州なら、比較的転勤もしやすかろうと……しかも新婚で家庭が根づく前なら可能だろうと、既婚が理由では除外されなかったということだ。しかも素行の悪さなんてのは、全く関係ない。

しれっと肩をすくめる部長を数秒、呆然と見上げたあと。

「ひどっ」

私は思わず噴き出してしまったのだけど、部長の表情は緩まなかった。

「これでしばらく大人しくなるといいんだがな。それより、なんでこんなことになってる?」

「え?」

言いながら、部長はきつく眉をひそめたのだ。

「いつもくっついている、金魚のフンはどうした」

「え……ああ、東屋くんは……って、ひどくないですか」

ずいぶんな言われようだ。

いや、すぐに東屋くんに変換した私のほうがひどいだろうか。けれど、『いつもくっついている』と言われて思い浮かぶのは、東屋くんしかいないのも確かだ。

「じゃなければ、番犬か。なんで肝心な時に連れていない?」

「いや、『連れていない』って……私が自主的に連れているわけじゃないですけど」

真面目な顔で言う部長に対し、私はなんだかこの会話がおかしくなって、つい口元が綻ぶ。

「笑い事じゃない」

「すみませ……だって、部長が」

こらえきれずに笑いがこぼれた。それがどうにも止まらなくなって、口元を隠してうつむく。

「俺が、なんだ。笑い事じゃないぞ、ほんとに……。言い争う声がして近づいてみれば……」

だって、部長が来てくれたのが嬉しくて、心配してくれたことも、ありがたくて。

そして口ぶりが何か、おかしくて。

それと同時に、込み上げる感情がある。甘くて温かくて、切ない。ひとりで抱えるにはやるせない、言葉にして伝えたくなる気持ち。

「そんなに笑うようなことを言ったか？」

呆れたような声がした。

返事もままならないほどに、私は自分の気持ちを持てあます。

どうしよう。好きだ。

そばにいるだけで、声を聞くだけで〝好き〟の感情が溢れてくる。一度そうなると、もう顔なんて上げられなくなってしまった。

あの腕時計を部長にだけ見せようと思い、だからこそ身にはつけずにバッグに忍ばせてきたのだ。そう決めた時点で、自覚もしていた。

藤堂部長が、好きだ。憧れだったはずだ、いつからなんてわからない。理屈なんて知らない、ただそばにいれば嬉しくて、切なくて、泣きたくなる。想いが胸に溢れるも、言葉にできずに堰《せ》き止められて、その感情に溺れそうになる。

「西原？」

「……いえ。なんでも」

込み上げる感情が頬を熱くする。訝しむ彼に笑ってごまかそうとしたけれど、名前を呼ばれただけで胸の奥が苦しくなる。『どうにかしなければ』と深呼吸をすれば、髪をやんわりと撫でられた感触がした。

「……このまま、ふたりで抜けるか」

「え……」

不意の提案に思わず顔を上げた。『しまった。赤い顔を見られた』とすぐに気づいたけれど、部長はそれをからかったりはしなかった。

ああ、まただ。部長が私を見つめる瞳は、なんでこんなに温かくてとろけるように甘いんだろう。いつだって、溶かされそうになる。

なのに部長は、私をどう思っているのかなんて口に出して言わないで、ただずっと思わせぶりな態度を取るばかりだ。

『どうして？』と尋ねれば答えてくれるのだろうか……私から聞かなければ教えてくれない？　本当は部長は、とてもズルい人なんだろうか。

「でも……部長」

「ん？」

「私、幹事だし」

「はは、そうか。そうだな」

甘い空気が周囲に散りかけて、あ、と少し寂しい気持ちになる。

だけど、彼はすぐに屈んで私の耳元で囁いた。

「じゃあ、このあとでいい」

「え？」

「時間をくれ。ふたりで会いたい」

この、あと……ふたりで。

あまりに近い耳元での甘い囁きに酔い、くらりと眩暈がしてぎゅっと目を閉じた。このまま、いざなわれるままにふらふらと腕の中に堕《お》ちてしまいたくなる。けれど、一方的に酔わされてちゃダメだ。

「……私も。話が、あって」

意を決して言葉にしたのと、ほぼ同時くらいだろうか。店のドアが慌ただしく開く音がして、東屋くんが血相を変えて飛び出してきた。

「……さよさん」

園田が座敷に戻ったことで、私と園田がいなかったことに気がついたんだろう。心配してくれたのだと思うけど、私と部長を見て複雑な表情をした。

「藤堂部長。お疲れさまです、皆待ってますよ」

「ああ、遅れて悪かったな」

部長が東屋くんには見えない角度で一瞬、私の手を取り、手のひらを撫でる。

『あとで』と、約束の確認のように思えた。

店に入っていく部長の後ろに続くと、東屋くんが部長には聞こえないように小さな声で、私に耳打ちする。

「もしかして、もう部長に言ったんですか？」

「え？」

「それとも、これから？」

「何を……」

「だから、自分の気持ち、です」

驚いて狭い通路に立ち止まり、東屋くんを見た。

彼は少し寂しげに笑っていた。

「前にも言ったじゃないですか、ずっと見てたからわかるって。さよさんの好きな人くらいわかってますよ」

東屋くんは、びっくりして声も出ない私の背を押し、歩くように促す。

声まで押し出されるようにして、私はようやく言葉にした。

「こ、このあと。言う」

「そうですか。さよさんは可愛いから自信持って。俺が好きになった人なんですから」

「東屋くん」

彼はもういつも通りの顔で、それでもその後の私の言葉を拒むように、何も言わずに私の前を歩いて座敷に戻った。

いつから？

私自身、自分の気持ちがいつから芽生えていたかなんてわからない。

だけど、彼は私が少しずつ藤堂部長に惹かれていたことに気づいていたんだ。

「……ごめん」

謝ることじゃない。

そう思っても、小さく呟いてしまったひと言は確かに本心だった。背の高い後ろ姿から目を逸らすようにして、私は下唇を噛んだ。

お前は、ひどい

「会計は俺がやっとくから、さよさんは化粧直しでもしておいでよ」

　解散の時間が近づき、東屋くんがそう言って会計を引き受けてくれたおかげで、今少し自分を取り繕う時間を得ている。

　酔ってはいけないと、結局最初のビールしか飲んでいないけど、ちょっとくらいお酒の力を借りたほうがよかっただろうか。

　居酒屋の洗面所で軽くメイク直しをして、バッグの中からあの腕時計を手に取った。

　もしこれを見せても部長になんの反応もなかったら、もうこの腕時計のことは忘れてしまおうと思った。……あの、キスのことも。

　大事なのは、今の自分の気持ちなのだと思ったからだ。だけど、本当にそれでいいのだろうか、という思いも片隅にある。

　忘れられる？　もしもあとから、持ち主がわかったとしても、何もなかったようにできるだろうか。

　自分の気持ちが定まらないまま、それでも落ち着こうと深呼吸をして、腕時計を左の手首に巻きつける。一番小さなところでとめてもまだあまるほどで、気をつけていなければうっかり手首から抜け落ちてしまいそうだ。

このあとのことを考えただけで、緊張してとてもじゃないが落ち着かない。『話の切り出しはどうしたらいいだろう』とか、本題に入る手前の初期段階から、もうどうしていいかわからない。

タイミングを見計らって？　緊張して、絶対噛みそうな気がする。考えれば考えるほどトイレから出たくなってきたが、待たせるわけにもいかないのだ。

もう、最悪緊張してどうしても話しだせなかったら、とりあえずちょっとお酒を飲んで、部長の様子をまず確認するだけでもいいじゃないか。

そうやって自分に少し逃げ道を作っておいて、なんとか気を取り直した。深呼吸をひとつしてトイレから出ると、店員に「お世話になりました」と会釈しながら出入口を目指す。

「さよ！」

外に出ると、先を急いで帰った何人かはいるようだが、まだほとんどの者が残っていて、解散の合図を待っているようだった。

その中から、望美が私を呼んで手を挙げた。

「ごめん、遅くなって。もしかして私待ち？」

「それもあるけど、もう一軒、二次会行くかって話になってて」

「え、そうなの？」

それは予想していなかった。皆行くなら、ここで抜けるというのは付き合い悪いだろうか。二次会にまで出てしまうとかなり遅くなるし、それからだと……部長との約束は流れてしまいそうだ。

思いもよらない展開にうろたえながら、部長はどうするつもりなんだろう、と判断に迷った。

「東屋くんが課長や部長も誘ってて、結構な大人数になりそうだけど」

望美の言葉に驚いて男性陣のいるほうを見ると、東屋くんが藤堂部長に胡散《うさん》臭い笑顔を向けているところだった。

「藤堂部長！　遅れて来られたんですから、ぜひもう一軒付き合ってくださいよ」

愕然として東屋くんを見ていると、彼がちらりとこちらを振り向き、黒い笑顔を見せる。

あーずーまーやー！　貴様の妨害か！　さっきの、ちょっと切ない感じの流れはどうした！

全くキャラのぶれない奴だなと感心する。さっきは、応援するみたいなことを言ってくれたはずなのに、あれは一体なんだったんだ。

見ていると、どうやら園田も捕まったのか行く流れになっているらしい。

「さよ、どうする？」

「あー……私やめとく。飲みすぎたし」

「え、全然飲んでなかったじゃない」

「そんなことない。かなり飲んだ」

若干わざとらしい棒読みでそう答えると、望美が変な顔をする。

だって、園田も行くなら、絶対拒否だ。だけど……このあとの約束は、どうなるんだろう。

諦めモードで部長のほうを見れば、うんざりとした顔で東屋くんのお誘い攻撃をいなしていたところだった。酔ったフリで絡もうとする東屋くんの腕を、やんわりと遠ざけながらはっきりと言ったのだ。

「悪いが、先約がある」

大きくはないのに、やけにくっきりと通る声だ。多分全員に聞こえただろう。

一瞬だけ沈黙が生まれたが、周囲はすぐにざわめき始める。さっきまではお酒の勢いで雪崩れ込みそうな雰囲気だったけれど、若干の冷静さが周囲に戻った。

「藤堂部長行かないって、どうする？」

「東屋くんが行くみたいだし、私は行くよー」

女子同士の会話がちらちら聞こえ、それに呼応するようにあちこちで相談し合うような声があがる。

その空気の中、ぱちりと部長と目が合った。

それだけじゃない、部長はそのまままっすぐ、平然とした顔で私に向かって歩いてきたのだ。

え……ええっ？

戸惑っている間にも、社員たちの合間を縫《ぬ》って歩き、すぐに周囲も部長の行動に気がついて視線が集まる。

え、まさか。いやいや、さらっと私の横を通過して、その後どこかで落ち合うとかそういう流れ……だよね？　だってこんな、皆が見てる目の前で、だなんて……ないない、それはない。

そんなわけはないと一瞬浮かんだ妄想を必死でかき消したのに、部長はまっすぐ私を見たまま、目の前まで来ると。

「行くぞ、西原」

そう言って私の右手をすくい上げ、そのまま歩きだした。

『え……』という私の驚きは声にならず、慌てて足が追いかける。

皆が、ぽかんとした表情で私たちを見ている。

振り返っても、東屋くんは背中を向けていて、どんな顔をしているかはわからなかった。

それから数秒ほどのタイムラグがあった、あと。

「えええええええええっ⁉」

大合唱を背中で聞いた。

「ま、待って……部長っ⁉」

半ば引きずられるようにして、部長のあとに続く。いくつもの知った声があげる悲鳴や冷やかす声から、早足で遠ざかる。

部長の足が速すぎて、ついていくのが大変だ。皆の声が聞こえなくなり、やがて速度が緩んだところで、ようやく隣に並んで横顔を見上げた。

「部長ってば、いいんですか⁉」

「何が？」

その横顔は、とても楽しそうだ。

「『何が』って。だから……」

「酒の肴《さかな》にちょうどいいネタを提供してやったんだ。二次会にまで付き合わされてたまるか」

「ネタって……絶対、今頃あーだこーだと憶測が飛び交ってますよ⁉」

東屋くんとも絡めた憶測が、あれこれと！　週明け、出勤したら絶対ニヤニヤ見られますよ⁉

「好きに言わせておけばいいだろう。何か問題があるか？」

「問題……は……」

そりゃ。私としては、変な噂が立って部長の迷惑になったらいけないんじゃないかって、心配なわけで。

言葉をなくす私を、部長が横目でちらりと見て微笑む。

つかまれていた手が一度緩み、指と指を絡めて握り込まれた。

「いい加減、腹も立ってたんだ」

「え？」

「東屋のドヤ顔に、どれだけイライラさせられたと思ってる」

その一瞬だけは、部長は面白くなさそうに眉をひそめる。けれど、すぐに少しうつむいて目を伏せたその横顔は、口元が穏やかに緩んでいた。

そんな表情の変化を横から見上げながら、私は自分の中から湧き出る様々な感情に翻弄される。

「部長……」

その言葉の意味は、なんですか？　東屋くんに煽られて、妬《や》いてくれたのだと思っていいんですか？　どうしてこんな風に皆の前で連れ出したんですか？　皆に何か噂されても、迷惑じゃないって思っていいんですか……？

「部長、どこに」

「そうだな。どこに行こうか」

言いながら、少しも迷いのない足取りと、握りしめられたままの手。思い出しては頭から離れなくなるのは、時々爆弾みたいに落とされる、甘い言葉やとろけそうな優しい視線。

抱きしめられた時に伝わった温もりや、頬に触れたキスの感触。

それら全部を額面通りに受け止めて、喜んでしまう自分の左手首で、確かな重みを主張するものがある。

この腕時計の持ち主が、藤堂部長であってほしい。それを確かめたくて、そう覚悟を決めてきたはずなのに……聞いてしまって、もしも違ったら。

急にそのことばかりが頭に浮かんで、怖くなってしまった。

今日、初めから腕時計を身につけなかったのは、藤堂部長じゃない人に持ち主だと名乗り出られるのが怖かったからだ。

聞かずに済ませられたら、と考えたこともある。

だけどこんな高価な腕時計を、持ち主がそのまま放置するだろうか。もしもあとから名乗り出られて、望美が言っていたように『思い出してくれるのを待っていた』とか言われたら、私はどうしたらいいんだろう。

ならばやっぱり、今聞くしかないのだ。

「部長……」

隣を歩く、綺麗な横顔を見上げた。

私の視線に気がついて、部長は優しく目を細めてくれる。

「ん?」

どうか、『部長が腕時計の持ち主でありますように』『あの夜のキスの相手でありますように』と思うのに、違った時のことを思えば、言葉にする勇気が出ない。

顔もろくに覚えていられないほど泥酔した状態で、男を家に上げたり無暗《むやみ》にキスをするような女なのだと、軽蔑されたらどうしよう。今は優しいこの表情が、冷ややかなものに変わってしまったら。

「部長、私」

どうしたらいいのか、わからない。でも、嫌われたくない。

「……西原？」

気がついたら、足が止まっていた。

部長もつられて立ち止まり、不思議そうに私の表情を窺う。

複雑な感情が頭の中でぐちゃぐちゃにかき回されて、自分が今どんな顔をしているのかわからない。

傍から見れば、私たちは恋人同士に見えるだろうか。けれど今の私の表情は、きっと好きな人と手を繋ぎ、幸せそうな人のものとはほど遠い。ぎゅっと目頭に力を入れた途端、ぽろっと涙がこぼれ出た。

「す、すみませ……私っ……」

こんな風に泣いて、困らせたいわけじゃないのに。泣いたところで、あの夜は消えない。

部長が驚いた目で私を見ている。

手はしっかりと繋がれたままで、空いたほうの手で涙を拭った。私に不釣り合いな、腕時計が揺れるほう。言葉にできなくて、こんな苦し紛れの方法で部長に見つけてもらおうとする、私はズルいだろうか。

手首で腕時計が不安定に揺れる。

涙で顔が上げられなくて、部長が今どんな顔をしているのかわからなかった。うつむいた足元に、彼の靴の先が見える。

お願い、部長。どうか、この腕時計は俺のだと、言って。

「……西原」

聞こえた声は、苦しげで戸惑いを含んだものだった。

この腕時計を見てもわからないのだろうか。意味もわからず泣かれて、彼のほうこそ首を傾げているだろうか。泣いてしまった後悔で、また涙が出てくる。

その目尻に、彼の指が優しく触れて、涙を拭った。

「……迷ってるのか?」

「……え?」

会話が繋がらない。

不思議に思って顔を上げると、彼は苦しそうに眉を寄せていた。

部長の手が、私の手首をつかむ。左手の、腕時計のあるほうだ。ちらりと、確かに視線を向けた。明らかにサイズの合っていない、私の服にも馴染まない男物のそれを、彼の指が撫でた。

「俺の、思い上がりだったか？　西原」

なんの、話？

わからなくて、ただ首を振る。何もかもわからない、部長がなぜ、苦しそうな顔をするのかも。部長の目には、私が何かに迷っているように見えたのだろうか？

「部長？　私……」

「行くぞ」

「えっ？」

部長が目を逸らして、再び私の手を強く引き、歩きだす。

「今日は……帰さないと決めている」

『もう、嫌だとは言わせない』……そんな呟きが、前方から微かに聞こえた気がした。

時計を見ても何も反応がないのは、これが部長のものではないからだろうか。だから、何も言わないんだろうか。

無言で歩く彼に、今何かを問える空気ではないうえに、『帰さない』と言ってくれたことに期待と動揺が入り混じって、言葉が見つからなかった。ただ、心臓だけが高鳴って痛いほどだ。

ひゅるる、と冷たい風が吹いて、肩をすくめて縮こまる。涙が伝った痕が、冷たくてぴりりと痛い。

部長がまた一度足を止めて、私を振り返った。そして、ほどけて首にぶら下がり、あまり意味を成していなかったマフラーを、しっかりと私の首に巻きつける。

無表情が、少し怖い。

機嫌が悪い、怒ってる、呆れられた、困らせてる？　どれが正解かわからないし、全部が正解なのかもしれない。

ずずっと鼻を鳴らして『ごめんなさい』と言おうとした。

けれど、彼はすぐにまた私の手を引き、歩きだす。

しばらく歩いていくうちにその周辺に並ぶ店舗に、私はひとつの心当たりを覚えて胸がざわついた。

この辺りは知っている。ここまでは滅多に歩いてこないけど、隣駅までずっと飲食系やアパレル系などの、様々な店舗が並んでいて、何度かショッピングで望美と歩いたことがある。

だけどそれ以外にも、確か……。あの日は、反対側からこちらへ向かって歩いてきて、見つけたのだ、あのバーを。会社のほうから歩いても、それほど遠くない場所だったのか。確か、石畳のステップのある、小さな出入口のバーだった。

「……部長」

部長の足は、その店の前で止まる。彼が繋いでいた手を解き、私にまっすぐ向き直った。

同時に鼓動が激しくなり、私は信じられない思いで彼を見上げた。右手で左手首の腕時計をさする。

そんな私の仕草を、部長がちらりと横目で見た。

「部長、ここっ……」

声が震えた。じわりと滲む涙の気配をこらえて、唇そのものが震えていたから。

「俺の、行きつけだ」

そう言って優しく微笑むと、彼が私の腰に手を添える。そしてもう片方の手で店のドアを押し開けると、私を中へと促した。

それほど広くない、だけど奥行があって細長いL字型のカウンター。

その中にいる、綺麗なバーテンダーの顔にも見覚えがあった。まだ酔い潰れる前に見たことだから、記憶は正確だと、今目にしたことで確信した。

「いらっしゃいませ」

微笑んだバーテンダーは私の顔を覚えていたのか、それとも今現在、半泣きの表情をしているからか、カウンターの一番奥の目立たない席に私たちを促した。

部長は何かのロックを頼み、それから私の顔を覗き込む。

「西原は、ブルームーンか？」

部長の口から、あの日私が飲み倒したカクテルの名前を聞いた。

やっと確信を得て、実感を伴って、またぼろぼろっと涙が落ちる。

「部長っ……」

部長はまるで何かに根負けしたように、疲れた顔で笑っていた。

ブルームーンはもう縁起が悪いということで、ホワイトレディを頼むと、また部長に呆れられた。

バーテンダーがくれた紙ナプキンを使い、ずびずび鼻を啜りながらも、ちゃっかりカクテルを頼むところに呆れたのか、それとも凝りもせずアルコール度数の強いものを選んだことになのか、はたまたその両方か。

「……で。どこまで覚えてる？」

「えっと……披露宴帰りにここでブルームーンをしこたま飲んで……愚痴をこぼしまくっていたら、誰かに会って」

「誰か、ね……」

目を細め、呆れたように彼は言う。

「す、すみませ……」

部長が頬杖をつきながら、隣に座る私の髪をいたずらに梳《と》いた。

それが気恥ずかしいやら記憶がないことが申し訳ないやらで、私は視線を泳がせている。

「ほかには？」

部長の指先が、くるくるくると私の髪を絡め取った。バーという空間の、大人な雰囲気も手伝ってか、色香満載の瞳が私をじっと見つめたまま追いつめる。

「えと……あとは。その、家で」

「うん？」

家で、ベッドに押し倒されて交わした、濃厚なキスの記憶。その相手が部長なのだと思えば、これまでで一番というほどに私の頭は沸き立った。

とてもじゃないけど、部長の顔なんて見られない。もうひとつ言うなら、『キスの記憶はしっかりあるのに、部長の顔は覚えてませんでした』なんて絶対言えない。

「あ、朝、目が覚めるまで」

「ほんとに？」

「う……」

真っ赤になってうつむく私の顔を、覗き込むようにして彼の顔が近づいた。

「熱がこっちまで伝わりそうに熱いけど。そうか、覚えてないか」

気落ちしたように見せ、ため息をつく。

わざとらしい、この言い方。部長は意地悪だ。

それは、相手が部長だということを、覚えてもいなかった私を責めているからだろうか。だけどそれならそれで、私にだって言いたいことがある。

「……部長だって」

「ん？」

「部長だって。私と違ってちゃんと記憶があるなら、そう言ってくれたらよかったじゃないですか。翌朝だって、まるで何もなかったみたいに挨拶して」

ああ、でも。そういえば確か、『大丈夫か』と仕切りに聞かれた。だけど、それにしたって何か、もうちょっと……言ってくれてもよかったのじゃないか。私がどれだけ、悶々と悩んだことか。

「肝心なことは何も言ってくれないじゃないですか。思わせぶりなことばっかりで」

おかげでこっちは、どんどん部長に惹かれて、そしたら今度はあの夜のキスの相手が一体誰なのか、知るのが怖くて怖くて仕方なくなった。

部長だった。部長でよかった、と喜ぶべきところなのに、なんだか悔しくて涙が出てくる。

言葉が欲しいのだ。キスの意味を知りたい、あなたが私と、同じ気持ちを抱いてくれていたらいい。それを、あなたの口から聞きたい。

べそべそといじけた子供のようなことを言う私を、彼はやはり子供を宥《なだ》めるように

「そうだな」と笑った。

「……お前が覚えていないだけだ」

「え？」

ぽつ、と呟かれた。

それを皮切りに、部長があの日私が覚えていない時間のことを、話してくれた。

「お前は、ひどい」

そういう彼は眉をひそめ、軽く私を睨んでいた。

そのひと言から始まったあの日の出来事に、私はその後ひたすら冷や汗をかくことになった。

藤堂が恋に落ちた夜［藤堂ＳＩＤＥ］

　別にうちの会社は、職場恋愛が禁止されているわけではない。だが、こんな姿を見ると、いっそ禁止にしてしまってもいいのではないかという気持ちにもなる。

「男なんれ、ものすごく薄情な生き物らと思いまふ！」

　一杯飲んでから帰るかと行きつけのバーに顔を出したら、部下が泥酔してカウンターに突っ伏していた。

「大丈夫か？」と声をかけると、視線が合うような合わないような、すでに怪しい状態だった。彼女はそのまま気を失ったように眠りかけたが、背中を支えるとすぐにまた身体を起こし、カウンターにすがりつく。

　それから二杯飲んで、この状況だ。当然止めたが、止めれば「なぜだ。私には酒を飲む権利もないのか」と騒ぎだすのだから、たまったものではない。

「ほんれ結局、都合が悪くなると、逃げ出すんですよぅねぇえぇ？」

「そんな男ばかりでもないと思うが」

「誠実って何⁉」

「……耳が痛いものだな」

西原の言葉を右から左へ受け流しつつ、目の前の馴染みのバーテンダーに同意を求める。

彼は苦笑いをして首を傾げ、答えを曖昧にした。

「ずっとこの状況か？」

「さっきまでは、落ち込んではいらした様子でしたけど、ここまでは。知った顔を見て、安心したんじゃないですか？」

そうだろうか。ここにいるのが自分の上司だと、わかっているのかどうかも怪しいものだ。怒っては泣き、泣いては落ち込み、そして怒るの繰り返し。今はテーブルに突っ伏して、メソメソと何回目かの泣きターンに入ったところだ。

「……寂しい」

ずず、と鼻を啜りながらのこの言葉も、もう何度目だろうか。

「そうか」

「帰りたくないれす」

次には何を言いだすかと思えば、女が男を誘う使い古されたセリフで、ついため息を交ぜながら適当な返しをしてしまう。

「じゃあ、うちに来るか」

「はい」

「『はい』じゃねえよ」

思わず素で突っ込んでしまった。ここで見つけたのが俺じゃなかったら、どこの誰かもわからない男に、とっくに持ち帰られている状態だ。

「ちょっと……藤堂さん」

「いくらなんでも、部下に手を出したりするか」

「だからって、店に置いて帰らないでくださいよ」

麗しいバーテンダーは、薄情に眉を寄せる。

置いて帰るわけにはいかないが、持って帰るわけにもいかない。

彼女の能天気なつむじに向けて、げんこつのひとつも落としてやりたいが、それは勘弁してやることにした。この部下が、誰と付き合っていたのか、思い当たるところがあるからだ。

一年ほど前だろうか。偶然だった、ふたりが社内でほんの一瞬、目配せし合うのを見た。流れた意味深な空気に、『もしかして』程度の予測をする。

そういえば、園田の悪い噂を聞かなくなった。それは、西原と真剣に付き合い始めたからなのだろうか。だとすればいいことだ。わざわざ本人たちに確かめるのもおかしな話だし、それきり忘れていたのだが。

その先入観があったため、園田の結婚の報告を聞いた時、首を傾げた。西原を隣に連れてでもなく、西原本人からも何も聞いていない。よくよくその報告を詳しく聞いていれば、ずっと遠距離だった幼馴染みと結婚するという。

……付き合ってたわけじゃなかったのか。まあ、途中で相手が変わったということもなくはない話だが。

それからなんとなく、西原と園田の様子がつい目に入るようになった。別段、ふたりともいつもと変わらない。

ただ、ひとつだけ。園田が西原に仕事を頼むことがなくなったようには感じた。さりげなく、本当にさりげなくだが、ふたりとも仕事中でもできる限りの接触を避けているような空気を感じた。

いや、それは色眼鏡で見てしまっているからだろうか？

先入観に捕らわれて人を詮索するのも嫌な話だ、とその時は思い直したのだが、どうやら俺の色眼鏡はなかなか正確だったらしい。

披露宴後の二次会を断ったうえでのこの泥酔、加えて男に対する愚痴と不信感。たまた失恋と職場の先輩の結婚式が重なったとも考えられるが、あの職場での空気のわずかな変化が、十中八九相手は園田だろうと思わせた。

「私のダメなところは、どこれすか……」

「あえて言うなら目が悪いんだろうな」

「視力……」

「違う」

そもそもが、男を選びそこなっただけのことだろう。なのに、自分自身に非を探そうとするあたりが気になった。

さらに、先ほどから一度も園田の名前は出さない。男の不誠実をなじる言葉も、ともすれば特定の誰かではなく、『男』という生き物に対して向けられた一般論のように聞こえる。

もしも、それが別れた男を気遣ってのことならば、律儀なことだ……泥酔したうえでのうわ言だというのに。

顔を伏せたまま、彼女のつむじ頭が揺れた。居心地のいい頭の置きどころを探して、身じろぎをしたようだ。

「遠慮せずに悪態をつけば、少しはすっきりするだろうに」

西原は不器用なタイプだっただろうか。性格は明るくて真面目、勤務態度もいいが、確かに融通が利かなさそうな部分はある気がする。

園田と目配せしていた時の、少し照れ臭そうな表情を思い出す。素直で従順なイメージから、おそらく付き合っている間も口止めされていたのだろう。

不誠実な男を素直に信じ、律儀に約束を守った挙句に捨てられたのであれば、バカだなと思う反面、同情もしたくなる。

つむじに向けて、手のひらを落とした。

披露宴の時には丁寧にスタイリングされて整っていた髪が、今はすでに乱れている。まったく……ここで見つけてよかったと思う。女は多少、隙があるほうが可愛げがあるというのは、誰の言葉か知らないがその通りだ。

だがそんな一面は、一時の戯れを好む無責任な男を呼び寄せてしまうことがままある。泥酔状態でのほつれた髪や、その髪の隙間から覗く、酒に染まった赤い肌などその最たるものであり。

その無防備さに、ため息が出た。

「聞いてやるから、全部吐き出せ」

酔いが醒めたら説教だ。だが、ここで確保したからには、多少の愚痴も悪態も聞いてやろうと、気遣ったつもりだ。

なのに、ぴくりとも反応しない。

「西原？」

さっきまでは顔を伏せたまま、しくしくと泣いていたはずだった。だが、耳を澄ましてみれば、すーすーと微かな寝息が聞こえてきたのである。

「おい！　ここで寝るな、バカ！」

「……うう、やめれ」

「は？」

「揺らしたら、気持ちわる、い……」

そのひと言で、肩を揺すっていた手を慌てて止める。ここで吐かれたらたまったものではない。

このままでは、身動きが取れなくなる。それともここで少し寝かせてやって、酔いが醒めるのを待つべきか。いや、そんなもん待ってたら何時になることか。

「タクシー呼びましょうか、藤堂さん。こんなところで寝かせてはかわいそうですよ」

「……頼む」

バーテンダーのひと言で、とりあえずその場を撤退することだけは決まった。

ほどなくしてタクシーが店の前に来たと言われ、もしものためのビニール袋をバーテンダーから持たされて、なんとか西原をタクシーに乗せた。

「西原、住所は？」

「……うえ？」

「住所だ、どこに住んでいる？」

「ぁー……高槻《たかつき》市……」

「高槻市か……ってそれ実家かなんかだろ！」

高槻は確か大阪。通勤距離ありすぎるだろ、そんなわけあるか。

「お客さん、免許証か何か、確認したらどうですか？」

早く行先を指定してほしいのだろう。運転手が愛想笑いを浮かべながらも、言外《げんがい》に『早くしてくれ』と意思表示する。

仕方なく、西原の手荷物から免許証を引っ張り出した。

西原の住所が、俺の自宅からあまりに近くて驚いた。マンションに面した通りも、車で何度か通ったことのある道だった。

支払いを済ませてタクシーを降り、だらりと脱力した西原の腕を自分の肩にしっかり回して、支えながら声をかける。

「しっかりしろ、部屋番号は？　……ああ、いい。わかった」

エントランスにある部屋番号ごとに並んだポストに、西原の名前があった。名字だけだが、ほかは別の名字と空きが二軒あるだけだ、間違いはないだろう。

肩を抱えるようにして、立たない足腰で無理やり歩かせる。むしろ引きずっているようなものだ、これならいっそ抱き上げたほうがよほど楽だが、タクシーを出る際に挑戦して『嫌だ、バカバカ』と叫ばれた。

面倒臭い。面倒臭いことこのうえない。

「鍵を出すぞ」「開けるぞ」「入るぞ」といちいち声をかけ、確認を取っておいたがはっきり言って、聞こえているか覚えているかも怪しいものだ。

「水を汲んできてやるから、それ飲んでもう寝ろ」

ベッドに座らせて、部屋を見回し、キッチンに向かう。

どこもかしこも、きちんと整理されていてキッチンの流し台も綺麗だった。かといって、料理をしないからというわけでもなさそうで、調味料や香辛料がいくつも並んでいた。

彼女のことをよく知っているわけではないが、仕事中の様子から知り得る人柄から考えても、西原らしいと思う。

整然と並んだ食器棚から、グラスをひとつ手に取る。カップもグラスも、ふたつ揃えのものが多く目につき、いらない想像が頭に浮かんだ。

言わずもがな、園田と使っていたのだろう。初めてこの部屋に入った俺でも、ふと目に入ったもので気づくほどだ。きっと、毎日この部屋に帰る西原にとっては、食器棚だけでなく、あちこちに園田のことを思い出させる何かがあるだろう。

そう思い至ると、自然と声のトーンも柔らかくなる。

「西原？」

彼女はさっきベッドに座らせたところから動かず、じっとうつむいていた。

「ほら、水だ」

水の入ったグラスを差し出しても、全く反応がない。

「気分が悪いのか？」

うめくような声が聞こえた。近寄ってサイドテーブルに一度グラスを置き、彼女の肩に手を置くと、微かな震えが手のひらに伝わる。やはり吐きそうなのかと、ひざまずいてその顔を覗き込み、息を呑んだ。

下唇はきつく噛まれて、震えていた。

こらえきれない小さな嗚咽《おえつ》が、口の中に閉じ込められているのが微かに聞こえる。

大きく見開かれた目には、涙の膜がたっぷりと張られていて。まなじりからぱたっとひと粒こぼれ落ちた雫《しずく》が、ワンピースの膝を濡らした。

「……西原」

先ほどまでの、くだを巻きながらの泣き顔ではない。

声も感情も押し殺したようなその泣き顔を見せられて胸を打たれ、思わずつかんだ肩の細さに庇護《ひご》欲をかき立てられた。

それでも彼女は、微動だにしない。もうすでにこぼれているのに、それでもまだ泣くまいと目頭に力を入れて、肌が緊張で震えていた。膝できつく握られた小さな拳も、唇も、身体中が震えていて、あまりにも痛々しい。

「……吐き出せ、全部。悪態でもなんでも聞いてやる。こんな泣かせ方をする男なんか忘れろ」

何もかも吐き出してしまえばいい、そう思うのに、彼女は緩く首を振る。

そのことに、なんだかひどくイラ立った。

何も、そこまで園田に義理立てすることはないだろう。

披露宴で新郎新婦の馴《な》れ初《そ》めを聞かされ、プロジェクターで映し出されたふたりの写真を見せられ、自分との時間を脳裏ですり合わせたことだろう。あのふたりが別れていた時期がなかったのなら、西原とは当然、同時進行であったはずだ。

つらくなかったはずはないものを、披露宴の間は決して顔に出さず、ほかのゲストと同じように笑って祝福してみせた。もしもあのバーで見つけなかったら、ひとりで泣くつもりだったのか。

どれだけこらえても溢れる涙がいくつも頬に筋を作り、噛みしめた唇が痛々しく歪むのを放っておくことはできなかった。

「……あまり噛むな」

血が出るんじゃないかと、つい指が唇に触れた。宥めるように撫でると、ゆる、と開いた唇に不覚にも心臓が鳴った。

「……西原」

「……もし」

ずいぶん久しぶりに声を聞いた気がする。

掠れた声が、静かに部屋の空気を震わせた。

「……相手がすごく綺麗な人なら、外見のせいにできたのに」

相手は、至って普通の女だった。

外見ではなく中身で自分が選ばれなかったのだというのなら、人間性で劣ると受け止めた。それがなおさら、西原の傷を抉《えぐ》ったのだろう。

はらはらはら、涙が落ちる。どれだけ指で拭っても、きりがない。視線は宙のある一点を見つめていて、俺の存在を認識しているかどうかもわからない。

「……大丈夫だ」

同情もあっただろう。どうにも止まらない涙を止めてやりたいと思ったのも本当だ。

「お前は、いい女だ」

だが、その言葉も本当だった。

自分をフッた男のマイナスにはなるまいと、気丈に振る舞う姿は、胸が痛くなるほど健気でいじらしかった。

「泣くな」

「お前は可愛い」

上司と部下。それだけに過ぎなかったのに、いつの間にかその概念が綺麗さっぱり取り払われている。

頬に触れ、慰めてやりたい……俺が。正面にひざまずく姿勢から腰を上げ、ベッドの上で寄り添うように座り、抱きしめた。

髪を撫で、首筋を支えて顔をこちらに向かせると、赤くなった瞼に引き寄せられるように口づけた。

「西原」

彼女が今、したたかに酔っていて、相手が俺だとわかっていないかもしれないことや、今も園田を忘れられずに想っているかもしれないことなど、配慮しなければいけないはずのことが、頭の中で全部後回しにされる。

両方の瞼に順にキスを落として、泣いたためか高く感じる体温や吐息の熱に劣情を煽られ、吐き出した自分の息も熱かった。

そのまま唇にも触れそうになって、かろうじて踏みとどまる。額を合わせ、彼女の意思を窺うようにしながら、自分の心にも問いかける。

無責任に手を出していい相手じゃない。これ以上は、冗談では済まなくなる。そう自分に言い聞かせても、目の前の彼女がいじらしくて愛しくて、健気な彼女をどうしても欲しくなった。

少し顔を上げさせ、一瞬だけ唇同士を触れ合わせた。そうしてまた額をつけ、彼女に抵抗の兆しがないかを確認する。

逃げる様子はない。

・

それに、涙も止まったことで、許しを得たような気がした。まるでキスを覚えたばかりの頃のように、気持ちを高揚させ……目を閉じ、彼女の唇を啄《ついば》んだ。

不思議な感情だった。これほど、壊れものを扱うように女に触れたことがあっただろうか。自分の腕の中にあるのは、繊細なガラス細工のように感じて、できる限り優しく触れる。

唇で涙の痕を拭いながらのキスは、涙の味がした。緩やかに、それでもやがて深くなるキスに互いの吐息の熱は上がる。

指がつい、素肌を探してさまよった。二の腕や襟元、鎖骨、首筋を上がって、耳の後ろからうなじに触れる。指先で、見つけてしまったワンピースのファスナーを、どうするべきか迷ったのは一秒ほどだ。ちりちりと、引き下ろしていく。

ファスナーが半分ほど下りて、背中に流れ込んだ空気で、彼女は初めて気づいたようだった。腕の中で、肩が強張る。

嫌だと言わせたくなかった。今さら言われたところで、簡単に止められるものでもなく、深く唇を合わせながら、彼女の身体をベッドに押し倒した。

「……西原」

西原。西原、西原……さよ。

「さよ……」

彼女の名前を繰り返しながら、額に頬に、キスを落として宥める。襟元を少し引いて、露《あら》わになった肩の白さに喉を鳴らし、口づけようとしたその時だった。

「……や、だ」

「さよ」

「や……」

頼む、拒まないでくれ。

自分の中で膨れ上がる欲情のままに、再びキスで宥めようとしたけれど。

「……好きじゃないと、やだ」

その言葉に、頭から冷水を被せられたような気がした。

「……西原」

「んっ、うぅ」

覆い被さったまま、また涙の戻った頬に口づける。ぐっと拳を握りしめ、抗《あらが》いがたい欲情を無理やり抑え込んだ。

「さよ」

「や」

抵抗を見せる彼女を離すつもりはないけれど、これ以上、欲のままに触れてはいけないと、必死で自分自身をセーブする。

「……好きだ」

今は、涙を拭うキスだけを。

言葉に嘘はなかった。

「好きだ。可愛いよ」

自分の中にくすぶる欲情を果たすためではない。ただ、彼女に伝えてやりたかった。俺が、このわずかな時間で心奪われたほど、お前はいい女だと伝えてやりたかった。

キス以上は触れないとわかると、また徐々に彼女の身体の強張りが解けていく。涙も止まる。

その様子に、ひたすら庇護欲をかき立てられ、また頭をもたげる劣情に苦笑いがこぼれた。

今は、これ以上は触れないでいてやる……お前が俺を、好きになるまでは。

ただ、酔いにまぎれてこの記憶が消えてしまわないように、今、触れることを許されている素肌に吹き込むように、キスを繰り返した。

深夜遅く。眠った彼女に布団《ふとん》をかけてやり、ようやくそばを離れることができた俺は、すぐさま洗面所を借りて顔を洗った。浴びた冷水のおかげで、いくぶん身体にくすぶる熱が収まってきたが……どっと疲れた。ひどい夜だ。

西原は触れるなと泣くくせに、俺がこのままではこらえきれないと思って身体を離し、キスをやめようとすればすがりついてくる。結局それが眠るまで続き、そのせいか鏡に映る自分はひどくくたびれた顔をしていた。

このままで終わらせてたまるか、と若干恨みも混じった誓いを立てる。

覚えているかどうか怪しい彼女のために、腕時計を外して洗面所に置いた。

俺と出会ったことくらいは、この時計を見て思い出せ。それをきっかけに、いもづる式に記憶が引き出されれば、なおのことといい。

そして、必ず彼女のほうから『好きだ』と言わせてやる。

誤算だったのは、彼女が俺が思っていた以上に酩酊していて、誰と会ったかすら思い出せない状態だったこと。

翌朝、オフィスで『おはようございまぁす』と能天気な声で挨拶された時に嫌な予感がして、その後の態度から全く覚えていないようだと気づいた。なんて奴だ。

しかも、東屋までが接近し始めたと知った時には、かなりイラついた。いっそのこと、全部俺の口から彼女に、あの夜のことをあますことなく綺麗に話してやろうか、と思った時もあった。あの夜の彼女が、どれだけ健気でいじらしくて、可愛らしかったかを、懇々と。

そうしなかったのは、彼女の気持ちがこちらになければ意味がないとわかっていたからだ。

あの夜惹かれた彼女の人間性に、無暗に触れたくなかった。歪むことなくそっと、そのままの彼女に、俺を好きだと言わせたい。

覚えていないなら、そのほうがいいのかもしれない。あんな風に相手もわからないほどの状態で、すがって泣かなければいけないような夜のことは忘れてしまえばいい。

欲張りだっただろうか、そのおかげでずいぶんとその後の彼女の態度に翻弄され、結局最後は根負けしたように、こちらから言わされるハメになったのだった。

消えないキスを、もう一度

部長から聞いた話は、うろ覚えの記憶とほぼ同じであったが、記憶にない部分は私の想像を遥かに超えていた。

散々泣いたこと、くだを巻いたこと。『寂しい』『哀しい』と泣き言を漏らし、『悔しい』といきなり憤ったりと散々部長を困らせたそうで、私はひたすら肩をすくめて小さくなった。そして散々『男』に対して悪態をついたくせに、私は園田の名前をひと言も漏らさなかった、そうだ。

披露宴のすぐあとの、泥酔の末だ。

部長はすぐに相手は園田だと察したそうだけど。

「あんなに酔っ払っておいて。それがひどく、いじらしかった」

言いながら、じっと私を見つめるその目は、まるで愛おしいものを見ているよう。

「い……いじ、らしい？」

そんな可愛らしい言葉が、自分に向けられていることに驚いた。視線をきょろきょろとさまよわせる。

気を利かせたらしいバーテンダーは、最初のお酒を持ってきたきり、こちらには近寄りもしない。

言われ慣れない、くすぐったいその単語が私に似合うとも思えなくて、居心地が悪くてついそわそわしてしまう。

それなのに、部長はさらに言葉を繋げた。

「いじらしくて、一途で健気な、普通の女」

頭に浮かんだのは、一緒に食事をした帰り道。部長が好きな女がいると言った時のことだった。

「部長の、好きな、人？」

「そう。今、目の前にいる」

きっと私は、間抜けな顔を晒していただろう。その言葉が誰に向けられているのかを実感するのに、数秒の時間を費やした。

部長はまた、あのとろけるような視線をずっと投げかけてくる。

本当に……私？　そう信じていいの？

口に出して聞くのは恥ずかしくて、自分で自分を指差してみる。

「ほかに誰がいる？」

その言葉を聞いて、やっと身体が反応した。ボンッと顔の熱が上がり、ジンジンするくらいに、耳も熱い。

「う、嘘だぁ……」

「疑うな。さすがにもう、これ以上はヘコむ」

「ええっ？」

「……くそ。思わせぶりなのは、一体どちらだ」

甘かったはずの空気が、一転して私を咎めるような口ぶりに変わる。

彼は眉根を寄せて、不機嫌そうに頭をかいた。

「あの日も言った。何度も繰り返し。でも、お前は」

「な、なんですか？」

「キスは受け入れるくせに、好きな男じゃなければ触れられるのは嫌だと言った」

「え……」

「嫌だと言って泣くくせに、キスをやめても泣くんだ」

部長の手が伸びてきて、私の髪を撫でる。その仕草はとても優しいけれど、向けてくる視線は少し非難めいていた。

「……ひどい、女ですね」

つい他人事のように言ってしまった。

これは、本当に私の話なのだろうか。部長の口から聞く私は、酩酊状態なのは確かだが、ずいぶんな小悪魔だった。思わせぶりどころの話ではない。部長を責められるわけがないではないか。

「お前のことだよ」

強調するようにはっきりと、部長が私の目を見て言った。「だから、キス以上には踏み込まなかったのだ」と。「だけどそれきりにするつもりはなく、ふたりでこの時間を過ごした証に、腕時計を残していった」と。

聞けば聞くほど、あの夜のことがひどく鮮明になり、やはり現実なのだと思い知らされる。

部長が向けてくる、今も熱く溶かされそうな視線の意味がわかった気がする。

自惚《うぬぼ》れじゃないと、信じていいのでしょうか。

「西原?」

「すみませ……ほんとに……」

視線から逃れるように目を逸らしてうつむいた。

深呼吸をする余裕が欲しい。そうでなければ本当に溶けそうで、熱くて熱くてのぼせたようになり、とても目を合わせてなんていられない。

「……お前は、ひどい」

「え？」

「こんなに俺を翻弄して、楽しいか？」

穏やかな口調だけれど、低い声に咎められてうつむいたまま首を振った。

「そ、そんな、つもりじゃ」

本当にそんなつもりはなくて、むしろ私が部長の態度に振り回されていると思っていたのに。確かにこれでは逆だ、振り回したのは私のほう。

「急に、東屋に気を許し始めるし」

「それはっ」

慌てて顔を上げて驚いた。

なじる言葉のわりに、課長の顔は優しく笑っていたからだ。

「気が気じゃなかった……と言ったら。余裕がないのが丸わかりだな」

苦笑いだけれど、それでも確かに、まるで愛おしいものを見るような瞳だった。髪に触れていた手が、私の熱くなった耳に触れる。

ぴく、と瞼をひくつかせてしまい、それがまた熱を呼んだ。

「こんな顔をしておいて。俺の思い違いだったか？」

『こんな顔』とはどんな顔だろう。私はそんなに、思わせぶりな顔を見せていたんだろうか。だけど、私にこんな顔をさせているのは彼だ。

「……西原？　言ってくれ」

視線で声で、懇願される。

こんなにも想われていたことが、いまだに夢のようで、だけど頬をくすぐる指が現実なのだと教えてくれた。

両手で口元を隠してうつむく。そうでもしないと、想いがこぼれてしまいそうだったから。

ああ、でも。もう溢れてこぼれてしまっても、かまわないのか。

「……です」

掠れて消えてしまったから、もう一度。

「好きです、部長」

言葉と同時に、力が抜けた。すると、また泣けてきた。安堵のため息を受け止めた自分の手が、微かに震えていたことに気づく。

耳に触れていた部長の手が、髪を撫でながら後頭部に回される。

「やっと、聞けた」……そんな声がして、部長の目が優しく細められる。柔らかく、だけどしっかりと、その胸に頭を抱き寄せられた。

ホワイトレディはその日、最後までは飲ませてもらえなかった。

どちらの家でもよかった。おそらくはほんの少し、部長の家のほうが近かったというだけのことだ。

タクシーを降りて、マンションのエレベーターを上がる間に、肩を抱かれた。

頭にキスを落とし、肩を抱き寄せる手の指が、私の首筋や頬を落ち着きなく撫でる。無言だけど、時折落ちるため息や息遣いが、『早く触れたい』と言っている気がした。

玄関に入った途端、それは気のせいじゃなかったのだと教えられる。

「ん、う」

貪《むさぼ》るような口づけだった。苦しいほどに、もっと、もっとと舌も唇も食べられる。ついい、腰が引けた。『それは許さない』と、玄関のドアに押しつけるようにしてキスは続く。

かしゃん、と音がした。いまだ私の手首にある部長の腕時計が、背後のドアに当たった音だった。

「んっ……部長、あの」

部長の身体を手で押し返して、なんとか唇に隙間を作る。

彼は『なんだ?』と不満げに眉を寄せた。

「時計、外さないと」

「あとでいい」

「でも、傷が」

「いい」

『そんなことかくだらない』とでも言いたげだ。

傷がつこうがどうでもいいということか。あの時計の金額を知っているだけに、とてもじゃないけど、そんなぞんざいには扱えない!

部長が私の顎を片手で持ち上げ、一層深く口づける。

至近距離で私を見つめる彼の目は熱くて、その視線に耐えかねて瞼を閉じた。

『時計なんかに気を取られるな』と言わんばかりに、しっとりと丁寧に、確実に私を酔わせていく。

徐々に、力が抜けた。

抵抗するつもりなんてもとよりないけれど、彼に支えられるように私が身体をすっかり預けてしまう頃。ようやく激しいキスが少し柔らかくなり、砕けた腰を力強い腕で抱かれ、私は寝室に招かれた。

ベッドに腰かけてからのキスは、泣きたくなるほど優しかった。啄んで、少し離れて吐息を交わす。

額を合わせて、互いの呼吸を読んだ。それからまた、互いの意思を確認するように、そっと唇を触れ合わせるそのあまりの優しさに、覚えがあった。

「……あ」

「どうした？」

「……あの夜の、キスだ」

間違いない。そう思ったら、また自然と涙がこぼれた。

そんな私を慰めるように、また唇が触れる。

キスの感触で思い出せるなんて、欠片《かけら》も思っちゃいなかったけれど、感触というよりも――。

この空気感は確かに知っている。弾む息、触れ合う額、涙味のキス……あの夜と同じだ。

「……泣くな」

「だって……」

確かに慰められた、温かい記憶だった。いつまでも肌に残る、キスの記憶を消したくないと願っていた。

今この瞬間と、記憶が重なる。

それに呼応するように、彼が何度も唇で肌に囁いた言葉が、ぱちんぱちんと泡が弾けるように思い出される。

『……好きだ。可愛いよ』

『お前は可愛い』

『好きだよ』

私は確かに、肌で聞いていた。彼が唇で触れた場所から、その言葉が再び染み入り肌が熱く火照る気がした。

「好きだ、さよ」

彼は私の唇に、頬に首筋に、キスを刻んでいく。部長の手が、私のブラウスの襟元を開けた。

少しずつ暴かれていく身体に落とされる視線に、いたたまれなくなってきつく目を閉じた。するとなおさら、私の身体を撫でるその手の大きさや熱さを、肌が感じ取る。

「あ、あの、部長っ……」

「ん?」

「ま、待って、少し」

〝脱がされる〟……そう実感した途端、ひどい羞恥心に襲われ、怖気《おじけ》づいた。

「なぜ?」

「は、はずか、しい……」

スカートの裾《すそ》から太腿《ふともも》をくすぐる指が。ずっと、オフィスで憧れていた人のもので、これからもずっと同じ場所で仕事をするのだ。

そう思うと、ひどく恥ずかしい。

「それで、止まる男がいると思うか?」

部長がおかしなものを見るような目で私を見下ろす。そして少し身体を浮かせ、ネクタイを引いて自分の襟元を緩めた。

その仕草に、なおさら心臓が忙しく跳ね始める。もう、息をするのすら苦しい。

「そんな男がいたら、見てみたい。尊敬に値する」

『え』という私の戸惑いの声は、部長の口の中に呑み込まれ、私はそのままベッドに押し倒されてしまう。

「恥ずかしいなんて、言ってられなくなるようにしてやる」

優しく笑って、ぞくりと腰が震えるようなことを言う。

彼はその宣言通り、肌に触れ、私を酔わせ、翻弄した。感じすぎて身体を持てあまし、ついには泣き出しても決してやめてはくれなかった。

「部長っ」

「ここは、オフィスじゃない」

優しいのは、キスと眼差しだけだった。とろとろに身体も心も溶かし、彼は愛おしむように私を見つめる。

もう私の意識が朦朧としていることもわかっているくせに、耳元で『名前を呼べ』と何度もねだる。

「と、藤堂、さ……」

「違う。……さよ」

腕時計をつけたままの手首に、彼が口づけた。

裸の腕に、ぶかぶかの腕時計がひどく煽情《せんじょう》的で、それがなおさら身体の感度を上げるのだろうか。

たかが手首のキス。それだけで背がしなる。頭の中が、真っ白になる。言うことを聞いてくれない身体を震わせ、身を捩《よじ》りながら彼の名を呼んだ。

「隆哉さんっ……！」

隆哉さん、隆哉さん。

名前を呼ぶたび、彼は満足げに微笑んで私の頬を撫で、あちらこちらに口づける。

翻弄され、乞《こ》い、この身体をどうにかしてくれとすがりついた。『もっと』とねだるように、彼の腕にしがみつく。

もっと、もう一度、唇にキスしてほしい。

「可愛いよ、さよ」

首筋にすがりつき、虚《うつ》ろな視界の中で声を頼りに彼の唇を探した。もう二度と薄れてしまわないように、忘れてしまわないように……消えないキスを、もう一度。

懇願する私の目に気づいたのか、彼が深く唇を合わせてくれる。

確かに、彼の宣言通り、恥ずかしいなんて余裕はどこにもなくなった。その代わり、息も絶え絶えになるくらいの長い時間を、抗いようのない熱に翻弄された。

触れる指先も囁く言葉も、苦しいほどに熱くて甘い。愛されているのだと、想いが伝わるほどに、吐息も涙も止まらなかった。

甘いキスに祝福を

「俺は、男に向かって握り拳を振り上げる女の『大丈夫』を信じない」

「……すみません」

晴れて恋人同士となったはずの私たちだが、私は今、早速説教を受けている。どうやら園田に絡まれていたあの時、拳を振り上げて応戦体勢でいたことがすっかりバレていたらしかった。

園田とのことを心配する彼に『大丈夫です』と答えたところ、『大体、お前は危機感がない』とご指摘を受け、そこから説教へと繋がった。

「……危機感、持ってるつもりなんですけど」

だからこその、握り拳なのであって。

だが、私の反論は許されない。

「拳で殴って、それから？」

「え……」

「逆上した男から、走って逃げられるつもりでいるのか？」

「……す、すみません」

確かにその通りだけど、だけども！　一発殴ってやりたいくらいの感情が私の中にあることを、彼だってわかっているはずじゃないのか。

言いたいことはいろいろあるけれど、大人しくしているのはここがまだ、ベッドの上だからで。説教も咎めるような言葉も全部、彼の腕の中で行われているからだ。

ぐったりと身体を横たえた私を背後から抱きしめ、私の肩や首筋にキスを落としながらのもので。うっかり逆らって、気だるい身体を慰めるキスが、またしても欲情を呼び起こすものに変わってはたまらない。

「ぶ、部長」

「部長じゃない」

「た……隆哉さん……あの、もう」

もう無理！　無理ですから！

何がって、これ以上コトをいたすこともだし、このシュガーポットの中に閉じ込められたような甘い空気も、もう無理です！　勘弁してください！

そのうえ彼は、蓋を開けてはポットの中の私を愛で、サラサラと砂糖を補充するように、甘い言葉を囁く。

「大した威力もない拳でものを言おうとするな。こんなにか弱い手をしているくせに」

そうして私の手を取り、指先ひとつひとつに口づける。

か弱くない、全くか弱くない。ジャムの蓋だってひとりで開けられるし、もし堅くなってても誰かに頼ったことはない。蓋を温めたりシリコンの鍋敷きでつかんでひねればちゃんと開くんですー！

部長はわざとやってる、絶対わざとやって困惑する私を楽しんでいるんだ！

もしくは、私という人間が間違った認識をされているのかもしれない。部長の目に、私は一体どう映っているんだ、と心配になってくる。

……あ、違った。部長、じゃなくて……隆哉さん。

心の中で言い違ったって、誰も咎めはしないのに、いそいそと言い直す私もきっと、このシュガーポットの空間を幸せに感じているのだろう。

ただ、慣れの問題、というやつで。何より一番慣れないのは、クールで素敵だと思っていた部長が、マジで糖度二百パーセントほどの甘さを発揮していることだ。

部長の手が私の髪をかき上げ、耳の後ろの薄い肌に口づける。

ぞくぞくっとして、また吐息が妖しく部屋の空気を揺らす。

「あの、部長」

どうしても抜けない口癖では、彼は返事ひとつもしてくれない。

「えっと、隆哉さん」

「ん？」

「もうちょっとしたら、空が明るくなってきちゃいます……」

「だな。どうせ休みだ、好きなだけ寝ればいい」

「……寝る、とは、その、どっちの？」

「さよの好きなように」

だったら、もう眠りたい！

そう叫び出したいところだったけれど、あむ、と首筋に噛みつかれて言葉を呑み込んでしまった。私の好きなようにと言うわりには、私の身体を好きなように反応させてしまうのは、隆哉さんのほうではないか。

ふ、と耳元で彼が笑った。

それすらも身体の熱を呼び戻すもので、結局私は翻弄される。

忘年会後の土日をそんな感じで濃密に過ごし、結局、日曜の夜になるまで家に帰してもらえなかった。

帰りたいと言えば、『なぜだ』と聞かれるからだ。

そして眉根を寄せ、まるで私がおかしな発言をしたと言わんばかりに、見つめてくるからだ。

おかしい。なぜもくそもない、自分の家だから帰るのだ！

さすがに日曜、そう主張してようやく家まで送ってもらい、車中、別れ際のキスでもずいぶんと名残惜しむ彼を、なんとか宥めようとした。

私だって、一緒にいたくないわけではない。園田の件もある。

異動の話で牽制はしてあっても、本当に大人しくなってくれるかどうかはわからない。実際異動するのは来春で、まだ三ヵ月以上あるし、部長と一緒にいられれば心強いのは確かだけれど。

気持ちが通じ合ってすぐにこれでは、ちょっと女として貞操観念に危機を感じるのも本当だ。

それに女はお泊まりするにしたって、それなりの準備というものが必要だし、心の準備だってそれに含まれるし、部屋に何日も帰らないのはやはり心許ない。

『牛乳の賞味期限がギリギリだったけど大丈夫だったかな』とか。『生ゴミ、まとめとかなくっちゃ』とか。あるのだ、いろいろと！

離れたがらない彼の一面は、本当に意外だった。

こんなにも甘い人だったのか。

仕事中の彼からは想像もできない姿に、私はただただ戸惑って、恋人にはいつもこんな感じなのかと一応聞いてみた。

彼はしばし考えたのち。

「いや。……そうでもない」

「……そうなんですか?」

「ここまで手がかかるのは、今までいなかった」

「私が何かご迷惑を⁉」

まさかの、私のせいだった。

「迷惑というより、放っておいたら誰に持っていかれるかわからない。犬とか猿とか」

最後のひと言はぼそりと呟く。〝犬と猿〟さすがにそれが誰を指しているかわからないほど鈍くはない。

「……犬も猿も、両方九州にやってもよかったんだ」

眉間には思いっきり皺を寄せて、まるで独り言のような職権乱用発言には、いささか肝を冷やした。

そんな感じでようやく部屋に戻った時には、夜も十時を回っていたのだった。

そして週明けの月曜。

夜通しどころか、土日フル活動してのふたりの時間のせいで、私は筋肉痛で軋む身体を引きずっての出勤となった。こんな恥ずかしい理由で筋肉痛になるとか、ほんと、絶対誰にも言えない。

オフモードで二百パーセント超えの糖度を発揮した部長には、一度はっきり主張したいと思う。糖度は五十パーセントほどがちょうどいいのだと。

しかしだ。筋肉痛は私が顔に出さなければバレないわけで、問題はもっと別のところにある。

忘年会後、皆の前で部長とともに抜けたのだ、きっとふたり揃ってからかうような視線を受けるに違いない。

そう思い、覚悟してオフィスに入ると、まあ当然だが皆ニヤニヤしながらこちらを見てきた。

「おはようございます」

「おはよー」

「ニヤニヤうるさい」

「何も言ってないじゃないー」

意味ありげな目線の筆頭は、当然望美である。

だがしかし、その後出勤した部長には、誰ひとりそんな目を向けなかった。

なんでだ！　ズルい！

部長はひとりだけ何事もなかったかのように、平然といつもの仕事モードでいた。

確かに……仕事中の部長をからかい目的で眺めたところで、冷ややかにスルーされるだけなのだろうから、私に視線が集中するのは、考えてみれば当然だったかもしれない。

そしてもうひとつ、一番気がかりだったのは、東屋くんだ。

彼はやっぱりいつも通りだったけれど、それが逆に、私が彼にどんな顔をすればいいのか迷わせた。

「ひどい。ひどいですよ、さよさん。俺と打ち上げ行くって約束――」

「いや、してないよね」

「相手が悪かったって。東屋くんかわいそーに」

周囲に慰められて演技っぽく落ち込む姿に、私は悩んだ挙句、こちらもわざとらしく、ぷいっと素っ気なくした。

多分、これで正解なのだと思いたい。

私が気に病まないように、せっかく彼が冗談っぽくしてくれた空気なのだから。

忘年会を終えても仕事納めまでは当然忙しく、オフィスは軽口を叩く余裕もなくなるほどで、やがてすぐに浮かれた空気は吹き飛んだ。ただ、事実として私と部長が付き合い始めた、という認識が皆の中に加わっただけ。

例年と同じように、皆忙しく働き、日は過ぎていく。

「お疲れ」

「お疲れさまでーす」

若干疲労の色も窺える声音のやり取りだが、中にはそわそわと急ぎ足でオフィスを出ていく者もいた。理由は簡単、今夜がクリスマスイブだからだ。

私は明日の仕事を楽にしておこうと、少しだけ残業をしていた。というのも、今日は夕方から外出していた部長と外で待ち合わせをしており、その時刻まで間があったからだ。

フロアから人の気配が消えた頃、パソコンの電源をオフにしてデスクの上の書類を片づける。帰り支度を粗方終えたところで、久方ぶりに真後ろから声がした。

「お疲れさまです、さよさん」

振り向くとそこには、いつもと変わらない人懐こい笑みを浮かべた東屋くんが立っていた。

「東屋くん。お疲れさま」

彼が私を『さよさん』と呼ぶのは、相変わらず直らない。

だけど、それを聞くのはなんだか本当に久しぶりだった。それだけこの頃のオフィスが忙しく、無駄口を叩く暇もなかったからだが。

「なんか久しぶりですよね。よかったら食事に行きませんか？」

「いやいや。クリスマスイブだよね」

「クリスマスイブじゃなくても行ってくれないくせに。部長のガードも鉄壁だし。ちぇー」

そう言って唇を尖らせる様子に、クスリと笑う。同時に、ひどく切ない。

以前と同じように食事に誘うセリフも、今は断られることが前提のニュアンス。彼もわかってて、言っているのだ。

きゅっと胸が締めつけられる思いだった。

「今日は、部長とデートですか？」

「うん。っていっても、家でゆっくり過ごそうかって感じだけど」

「どこかいい店に連れてってもらえばいいのに」

「そういうのもいいんだけど……。好きなのよね、私、チキンバーレルとか。ひとりじゃ食べきれないけど、あのクリスマス限定のやつが。あと、ホールケーキとか」

「可愛い、子供みたいですね」

「うるさいなあ」と言い返して、目を逸らして笑う。

それから漂った沈黙に、私はすぐにも逃げ出しそうになったけれど、思い直して踏みとどまった。今までずっと、東屋くんに対して何かを言うべきか、それともこのまま何も言わずにいるべきか考えていた。

だけど、やっぱりちゃんと伝えておかなければならない。バッグを手に取り、肩に引っかける。持ち手部分を握りしめて、思いきって顔を上げた。

「東屋くん、あのね――」

「送りましょうか？　待ち合わせのところまで」

「え、いい。それはいいんだけど」

「そう言わずに。あ、部長に見つかったらヤキモチ焼かれる？」

「いいってば。それより、言いたいことがあって」

「やです」

即座に拒まれ、一瞬言葉に詰まった。

彼の横顔もまた、眉根を寄せて拒絶の色を隠しもしない。

「大体、言いたいことくらいわかります。でも、聞いたらそこで終わりになっちゃうじゃないすか」

時折、大人びた男らしいところもある。

しかし、こんな風にダダをこねる様子を目にすると、どうしても弟を見ているような感覚になり、つい苦笑いをこぼしてしまう。

それが気に障ったみたいで、彼はむっと眉をひそめた。

「……なんですか？　その余裕の笑みは」

「え？　余裕、ってわけじゃないんだけど」

「余裕があるようにしか見えません」

「ありがとう、と思って」

私の言葉に、彼はぱちくりと目を瞬《また》かせた。

「ありがとう。好きになってくれて嬉しかった」

「さよさん」

「東屋くんみたいな素敵な人に、好きになってもらえたことがあるって思い出したら、この先落ち込むことがあっても、少しは自信が持てると思う」

気持ちは、本当に嬉しかった。事実、失恋で自信をなくしていた時だったから、彼の想いに勇気をもらえた部分もあったと思う。彼の好意には応えられなかったけれど、この気持ちだけは伝えておきたかった。

しばしぽかんとしていた彼は、やがて眉を寄せて泣きそうな表情になる。それから最後は、気が抜けたように苦笑いをした。

「ひでぇ。嫌だって言ったのに」

「え？」

「終わらせるような言葉は、絶対聞いてやらないって思ってたのに。そんな過去形で言われたら、もう諦めるしかないじゃないですか」

「……ご、ごめん」

「謝らないでくださいよ」

腰に手を当て、強気にふんぞり返って笑うその様子に、少しほっとする。

もしかしたら、それすらも彼の気遣いなのかもしれないけれど。

「もういいですから。早く行かないと、部長が待ってますよ。ほんとに送りましょうか?」

「ううん、大丈夫。……ありがとう」

その場から彼はまだ離れるつもりがないのか、私に向かって小さく手を上げた。私も「じゃあ」と手を上げ返して、オフィスを出る。

出入口付近で一度振り返ったけれど、東屋くんはまだ微笑んで見送ってくれていた。

待ち合わせ場所である部長の家の最寄り駅に着くと、彼はもうそこに立っていた。

「お疲れさまです、ぶ……」

『部長』と言いかけたけど、それでは彼は返事ひとつくれないことは百も承知だ。

「隆哉さん」

「お疲れ」

この人こそ、実は子供っぽいところがあると、この短期間でよくよく理解した。

「イルミネーション、綺麗ですね」

「そうだな。少し距離があるが大丈夫か?」

「はい。街がクリスマス仕様で、それだけでテンションが上がります」

チキンもケーキもそれぞれの店で予約してあって、一軒一軒これから受け取りに行く。この辺りは駐車スペースがなく、いちいち車を停める場所に困りそうなので、散歩がてら徒歩で取りに行こうとふたりで決めてあった。

さて、歩きだそうという直前で、彼が首を傾げて私を見た。

「何かあったか？」

「え？」

「バツの悪そうな顔が、色っぽい」

「え……っ、と」

いろいろと突っ込みたいところはあるが、まずその察知力、何？

「別に、大したことは……」

「ふうん。残業してたのか？」

「はい。待ち合わせまで時間があったので、明日の仕事を少し」

「さすがに今日は、残業している人間はいなかっただろう」

「そうですね、私と東屋くんだけ……」

しまった。誘導尋問だった。

ちらりと見上げると、彼は真一文字に唇を結んでいる。

「な……何もないですよ？」

「わかってる」

彼はそう言いつつ、やんわりと私の手を取り、あくまでソフトに私を隅のほうの大きな柱の影に誘導する。

「ちょ……ちょ、部長……隆哉さん！　こんなとこで」

「キスだけだ」

「えっ？　こ、ここでですか⁉」

たくさんの人が行き交う駅前の道だ。いくら柱の影とはいえ、完全に隠れられるわけじゃない。

って、今『キスだけ』って言った？　それ以上とかあるわけがない。何さらっととんでもないことを言うのか、この人は。

「こうすれば見えない」

柱に私を追い立て、両脇に肘をつき私の頭を囲った。前髪にキスをして、唇で髪をかきわけ額に触れる。上を向け、と半ば強制の、甘い空間がそこにでき上がる。恐る恐る上向くと、唇を重ねようと、瞼から順に下りていく。

いくら物陰とはいえ、人前での近すぎる距離に隆哉さんの身体を押し返そうとしたがびくともしない。

「隆哉さん……ほんとに、人が」

「今日はクリスマスイブだ。そんなカップルだらけだから安心しろ」

「嘘ですよ」

私が困った顔で即答しても、彼は穏やかに笑ってキスを仕かけてくるから。

結局私は観念して、そのキスを受け止めた。触れ合う唇が、濡れて離れては空気に晒され、冷えてくる。それをまた、温め合うように何度も繰り返される。

長く続くキスにうっすらと目を開けると、視界を遮る彼の向こうの空に、白く舞う雪を見つけた。

――ホワイトクリスマスだ。

青空に舞った色とりどりのフラワーシャワーよりも、ずっと美しく見えて。清らかに厳かに祝福を受けた気がして、じわりと瞼が熱くなった。

END

あとがき

このたびは、『エリート上司の甘い誘惑』をお手に取っていただき、ありがとうございます。

私は年上好きであります。ですが、このお話のプロットを練っている時は、ヒロインの西原さよは、大人の上司である藤堂部長と年下で後輩の東屋くんの、一体どちらを選ぶのか、未知数でありました。

失恋から完全に立ち直ることはできなくても、踏ん張って努めて明るく日々を送るヒロイン。失恋がつらくないはずはない。誰だって同じだけれど、前向きに乗りきろうとする芯の強さは、彼女の魅力の一部かなと思います。

さよの性格なら、ただ強引に迫られてもきっとなびかない。大人の上司なら、年下の後輩なら、どうやって彼女を口説くだろうか？　執筆中、それを考えるのがとても楽しかったです。

失恋して、どれだけ強がって何事もなく日々を送っているつもりでいても、ふとした場面で気づいてしまう。女としての自信喪失や、卑屈な感情。新しく恋をしたいと思っても、一歩踏み出すことに臆病になる。

そんな、誰もが一度は抱いたことがあるであろう感情を、さよを通して比較的ポジティブに表現できたかなと思います。

誰だってそう。傷ついたら怖くなるし、自信もなくなる。そんな彼女を丸ごと全部包み込んでくれる、深い愛情を感じていただけたら幸いです。


最後に、この場を借りてお礼申し上げます。

書籍化にあたりご尽力くださった、担当編集の倉持様、書籍担当の額田様、三好様。

主人公ふたりのイラストを素敵に描いてくださった野月真名様。

いつも私の執筆活動に協力してくれる、優しい主人と子供たち。

互いに支え、励まし合える大切な友人たち。

何より、いつも温かく見守ってくださる読者の皆さま。

皆さまのおかげで、こうしてかたちにすることができました。本当にありがとうございました。

砂原《すなはら》雑音《のいず》

砂原雑音先生への
ファンレターのあて先

〒104-0031
東京都中央区京橋1-3-1
八重洲口大栄ビル7F
スターツ出版株式会社　書籍編集部　気付

砂原雑音先生

本書へのご意見をお聞かせください

お買い上げいただき、ありがとうございます。
今後の編集の参考にさせていただきますので、
アンケートにお答えいただければ幸いです。

下記URLまたはQRコードから
アンケートページへお入りください。
http://www.berrys-cafe.jp/static/etc/bb

ベリーズ文庫

この物語はフィクションであり、
実在の人物・団体等には一切関係ありません。
本書の無断複写・転載を禁じます。

エリート上司の甘い誘惑

2017年9月10日　初版第1刷発行

著　　者　砂原雑音

発 行 人　松島 滋
デザイン　カバー　菅野涼子
フォーマット　hive & co.,ltd.
校　　正　株式会社　文字工房燦光
編　　集　額田百合　三好技知（ともに説話社）
発 行 所　スターツ出版株式会社
〒104-0031
東京都中央区京橋1-3-1　八重洲口大栄ビル7F
TEL　販売部　03-6202-0386（ご注文等に関するお問い合わせ）
URL　http://starts-pub.jp/
印 刷 所　大日本印刷株式会社

Printed in Japan

乱丁・落丁などの不良品はお取替えいたします。
上記販売部までお問い合わせください。
定価はカバーに記載されています。

ISBN 978-4-8137-0316-7　C0193

『エリート上司の甘い誘惑』

砂原雑音《すなはらのいず》・著

OLのさよは、酔い潰れた日に誰かと交わした甘いキスのことを忘れられない。そんな中、憧れのイケメン部長・藤堂が意味深なセリフと共に食事に誘ってきたり壁ドンしてきたり。急接近してくる彼に、さよはドキドキし始めて…。あのキスの相手は部長だったの…?

ISBN978-4-8137-0316-7／定価：本体630円+税

ベリーズ文庫 2017年9月発売

書店店頭にご希望の本がない場合は、
書店にてご注文いただけます。

『クールな御曹司と愛され政略結婚』

西《にし》ナナヲ・著

映像会社で働く唯子は、親の独断で政略結婚することに。その相手は…バージンを捧げた幼馴染のイケメン御曹司だった!?　今さら愛なんて生まれるはずがないと思っていたのに「だって夫婦だろ?」と甘く迫る彼。唯子は四六時中ドキドキさせられっぱなしで…!?

ISBN978-4-8137-0317-4／定価：本体640円+税

『スパダリ副社長の溺愛が止まりません！』

花音莉亜《かのんりあ》・著

設計事務所で働く実和子が出会った、取引先のイケメン御曹司・亮平。彼に惹かれながらも、住む世界が違うと距離を置いていた実和子だったが、亮平からの告白で恋人同士に。溺愛されて幸せな日々を過ごしていたある日、亮平に政略結婚の話があると知って……!?

ISBN978-4-8137-0313-6／定価：本体620円+税

『国王陛下は無垢な姫君を甘やかに寵愛する』

若菜《わかな》モモ・著

王都から離れた島に住む天真爛漫な少女・ルチアは、沈没船の調査に訪れた王・ユリウスに見初められる。高熱で倒れてしまったルチアを自分の豪華な船に運び、手厚く看護するユリウス。優しく情熱的に愛してくれる彼に、ルチアも身分差に悩みつつ恋心を抱いていき…!?

ISBN978-4-8137-0318-1／定価：本体640円+税

『俺様副社長のとろ甘な業務命令』

未華空央《みはなそらお》・著

外資系化粧品会社で働く佑月25歳。飲み会で泥酔してしまい、翌朝目を覚ますと、そこは副社長・高宮の家だった…!　彼から「昨晩のことを教えるかわりに、これから俺が呼び出したら、すぐに飛んでこい」と命令される佑月。しかも頷くまで帰してもらえなくて…!?

ISBN978-4-8137-0314-3／定価：本体630円+税

『寵妃花伝　傲慢な皇帝陛下は新妻中毒』

あさぎ千夜春《ちよはる》・著

村一番の美人・藍香は、ひょんなことから皇帝陛下の妃として無理やり後宮に連れてこられる。傲慢な陛下に「かしずけ」と強引に迫られると、藍香は戸惑いながらも誠心誠意お仕えしようとする。次第に、健気な藍香の心が欲しくなった陛下はご寵愛を加速させ…。

ISBN978-4-8137-0319-8／定価：本体640円+税

『御曹司と溺愛付き!?ハラハラ同居』

佐倉伊織《さくらいおり》・著

25歳の英莉は、タワービル内のカフェでアルバイト中、同じビルにオフィスを構えるキレモノ御曹司、一木と出会う。とあるトラブルから彼を助けたことがきっかけで、彼のアシスタントになることに!　住居も提供すると言われついていくと、そこは一木の自宅の一室で…!?

ISBN978-4-8137-0315-0／定価：本体640円+税

『もしもあなたと結婚するなら』

黒乃《くろの》 梓《あずさ》・著

Now Printing

祖父母同士の約束でお見合いすることになった晶子。相手は自社の社長の孫・直人で女性社員憧れのイケメン。「すぐにでも結婚したい」と迫られ、半ば強引にお試し同居がスタート。初めは戸惑うものの、自分にだけ甘く優しい素顔を見せる彼に晶子も惹かれていき…!?

ISBN978-4-8137-0332-7/予価600円+税

ベリーズ文庫
2017年10月発売予定

書店店頭にご希望の本がない場合は、書店にてご注文いただけます。

『−50kgのシンデレラ』

望月《もちづき》いく・著

Now Printing

ぽっちゃり女子の陽芽は、就職説明会で会った次期社長に一目ぼれ。一念発起しダイエットをし、見事同じ会社に就職を果たす。しかし彼が恋していたのは…ぽっちゃり時代の自分だった!?「どんな君でも愛している」——次期社長の規格外の溺愛に心も体も絆されて…。

ISBN978-4-8137-0333-4/予価600円+税

『意地悪上司は溺愛旦那様!?』

あさぎ千《ち》夜春《よはる》・著

Now Printing

地味OLの亜弓は、勤務先のイケメン御曹司・麻宮に、会社に内緒の“副業”を見られてしまう。その場は人違いとごまかしたものの、紳士的だった麻宮がその日から豹変!甘い言葉を囁いたりキスをしてきたり。彼の真意がわからない亜弓は翻弄されて……!?

ISBN978-4-8137-0329-7/予価600円+税

『国王陛下は幼なじみを愛しすぎています』

桃城猫緒《ももしろねこお》・著

Now Printing

両親を亡くした子爵令嬢・リリアンが祖父とひっそりと暮らしていたある日、城から使いがやって来る。半ば無理やり城へと連行された彼女の前に現れたのは、幼なじみのギルバード。彼はなんとこの国の王になっていた!?　リリアンは彼からの執拗な溺愛に抗えなくて…。

ISBN978-4-8137-0335-8/予価600円+税

『社長のキスから逃げられませんっ!』

きたみ まゆ・著

Now Printing

美月は映画会社で働く新人OL。仕事中、ある事情で落ち込んでいると、鬼と恐れられる冷徹なイケメン社長・黒瀬に見つかり、「お前は無防備すぎる」と突然キスされてしまう。それ以来、強引なのに優しく溺愛してくる社長の言動に、美月は1日中ドキドキが止まらなくて…!?

ISBN978-4-8137-0330-3/予価600円+税

『予知夢姫と夢喰い王子』

史煌《しおん》・著

Now Printing

伯爵令嬢のエリーゼは近衛騎士のアレックス伯爵と政略結婚することに。毎晩、寝所を共にしつつも、夫婦らしいことは一切ない日々。でも、とある事件で襲われそうになったエリーゼを、彼が「お前は俺が守る」と助けたことで、ふたりの関係が甘いものに変わっていき!?

ISBN978-4-8137-0334-1/予価600円+税

『本物の恋を手に入れる方法』

高田《たかだ》ちさき・著

Now Printing

もう「いい上司」は止めて「オオカミ」になるから——。商社のイケメン課長・裕貴は将来の取締役候補。3年間彼に片想い中の奥手のアシスタント・紗衣がキレイに目覚めた途端、裕貴からの独占欲が止まらなくなる。両想いの甘い日々の中、彼の海外勤務が決まり…!?

ISBN978-4-8137-0331-0/予価600円+税